직장인들을 위한
자기계발 100가지
방법

직장인들을 위한 자기계발 100가지 방법

2009년 8월 05일 1판 1쇄 개정판 인쇄
2009년 8월 10일 1판 1쇄 개정판 펴냄

지은이 ㅣ 쿠니시 요시히코
편   저 ㅣ 박진배
기   획 ㅣ 김민호
편   집 ㅣ 한정아
발행인 ㅣ 김정재,김재욱

펴낸곳 ㅣ 나래북.예림북
등록 ㅣ 제 313-2007-27호
주소 ㅣ 서울 마포구 합정동 373-4 성지빌딩 616호 ☎ 121-884
전화 ㅣ (02) 3141-6147
팩스 ㅣ (02) 3141-6148
이메일 ㅣ scrap30@msn.com

ISBN 978-89-959842-5-2 03810

직장인들을 위한
자기계발 100가지
방법

글 쿠니시 요시히코 | 편저 박진배

나래북

📖 머 리 말

'자기계발이란 말은 자주 들었지만 무엇을 어떻게 해야 할지 모르겠다.'

'사회인이 되어서는 일만 확실하게 하면 되는 것이지 그 외에 무슨 공부가 필요할까?'

이 책은 사회인으로 출발하여 어느 정도 일에 익숙해지면 직장의 상사로부터 '자기계발'을 요구 당하는 사람들을 위한 것입니다.

그러나 꼭 그러한 사람들에게만 한정된 것은 아닙니다. '자기계발'이라는 것은 모두가 말하는 것처럼 확실한 것이 없습니다. 그러한 의미에서 이 책은 모든 샐러리맨들의 자기계발을 고려한 것이라 할 수 있습니다.

시대는 크게 변화하고 있습니다. 앞으로의 '자기계발'이 당신 자신과 당신 일, 그리고 회사의 장래를 크게 좌우할 것입니다.

아무 생각도 하지 않고 위에서 내리는 지시에 의해 행동하는 이른 바 '지시 대기족'이나, 회사 이외의 사회는 모르는 '회사 인간'은 회사에서 그다지 환영을 받지 못할 것입니다.

그러므로 새로운 시대에 대응하기 위해서는, '새로운 감각과 새로운 라이프 스타일을 기본으로 한 새로운 타입의 인재'가 되어야 합니다.

이 책에서는 최근 기수가 된 '기대되는 새로운 인재상'이 되기 위한 자신을 닦는 방법을 독자 여러분과 함께 모색하고자 합니다.

끝으로 이 책을 통해 많은 사람들이 기대되는 인재로 성장함과 동시에 여유로운 PI를 확립할 것을 간절히 바랍니다.

－저자

차 례

Part 3 · 감성(이해력)을 키운다

Part 4 · **표현력을 기른다**

Part 5 · **인생을 두 배로 살아갈 수 있는 시간 관리**

PART 01

왜
자기계발이
필요한가?

공부는 평생 교육이다

보다 윤택한 생활을 하기 위해서는 실제로 도움이
되는 일을 스스로 공부한다. 이것이 사회인의 자기계발이다.

학교에서의 끝없는 공부와 시험, 그리고 취직 시험을 마지막으로
겨우 시험이라는 굴레에서 해방되고 나면, 다시 일에 시달리다가 마
침내는 한 사람의 성인으로서 자기계발이라는 숙제에 부딪히게 됩
니다.

"그렇게까지 출세하고 싶진 않아요.", 혹은 "일에 중독이 되어 살
고 싶진 않아요." 라고 말하는 사람도 있는 것 같습니다. 저는 출세
를 위해 자기계발을 권하고 싶은 생각은 추호도 없습니다. 물론 일에
중독이 될 정도로 빠지기도 권하지 않습니다. 오히려 그렇게 되지 않
도록 하기 위해 자기계발을 권하고 있는 것입니다. 회사나 일밖에 모
른다면 한 사람의 인간, 사회인으로서 인정을 받을 수 없습니다. 게
다가 이런 생활은 본인에게도 재미없는 하루하루가 되어 버릴 것입
니다.

고도 성장기 때까지는 이와 같이 시야가 좁은 비즈니스맨을 많이

만날 수 있었습니다. 아직도 회사나 일밖에 모르는 선배들이 직장에 적으나마 산재해 있을지도 모릅니다. 그러나 그런 선배들에게는 여러분도 매력을 전혀 느끼지 못할 것입니다.

그래서 이제부터는 누구를 위해서가 아니라 스스로를 위해 회사의 일 등 공적인 업무 이외의 세계를 접하여, 인간으로서 '보다 풍부한 생활을 하는 것'이 중요하다고 생각됩니다. 여기서 '풍부하다'고 하는 것은 꼭 경제적인 것만을 의미하는 것은 아닙니다. 같은 것을 보고 들어도 아무것도 느끼지 못하는 것보다는 적으나마 정신적으로 충실한 기분, 즉 정신적 충실감을 느끼는 사람 쪽이 행복할 것입니다. 그러기 위해서는 여러 가지 지식이나 기능, 사물에 대한 사고방식 등을 '배우는 것'이 필요합니다.

학창 시절에 한 공부가 사회에 나와서는 거의 쓸모가 없다는 생각은 사회인이 공통적으로 갖는 것입니다. 교육 제도나 가르치는 방법에도 문제가 있기는 하지만, 무엇보다도 다른 사람에게 강요당해 마지못해 한 것이 가장 큰 원인이 아닐까요? 스스로 하고 싶어서 공부했다면 그렇게 쉽게 흥미를 잃지는 않았을 것입니다.

학창 시절의 공부가 전혀 도움이 되지 않는다면 앞으로 도움이 될 만한 것을 스스로 배우는, 즉 '자기계발'을 시작하는 것만이 남은 과제일 것입니다. 그것이 지금 하는 일에 직접적인 도움을 주는 것이 아니라도 좋습니다.

자기계발을 하는 방법 ②

자기계발에도 진보·향상을 목적으로 하는 것이 전제. 그러려면 '주제'가 필요하다.

자기계발을 할 때 자기가 좋아하지 않는 것도 할 수가 있는 것일까요? 그렇다면 취미와는 어떻게 다른가요?

물론 사회인의 자기계발은 학생 때 했던 공부와는 다르며, 부모나 교사, 상사로부터 강요당하는 것도 아닙니다. 또한 '범위'를 정해 놓고 시험을 치르는 것도 아닙니다. 그런 만큼 자기 관리가 정확하지 않으면 계획이 무산되고 맙니다. 자기 관리는 사회인에게 꼭 필요한 것이므로 뒤에서 다시 다루고자 합니다.

자기계발은 무조건 기분 좋게, 편안하게 시작해야 합니다. 즉 자기계발을 즐길 수 있어야만 합니다. 그러나 잘하든 못하든 그저 자신의 기분만 좋으면 되는 취미와는 다릅니다. 취미에 비해 자기계발은 진보나 향상이 전제가 됩니다. 그렇게 되기 위해서는 지도자를 통해 기본 정석을 배우는 것이 지름길이라고 할 수 있습니다. 그러나 일반적으로 자기계발에는 지도자가 필요치 않습니다.

자기계발은 어디까지나 자신이 주제를 결정하고 자신이 공부해야만 합니다. 다시 말하면 아집(자기만의 고집)에 빠지지 않도록 무슨 일이나 확실히 할 필요가 있습니다. 독서 또는 강연회, 세미나 등에 참여하는 것도 한 방법입니다. 여기에 대해서는 후에 따로 연구하려고 합니다.

덧붙여서 말하면, 취미는 잘하지 못해도 좋다고 말했지만 물론 잘해서 나쁘다는 뜻은 아닙니다. 취미도 나름대로 열심히 하면 보다 잘할 수 있을 것입니다.

이것이 취미와 자기계발의 차이라고 할 수 있습니다. 취미를 즐기는 사이에 자기도 모르게 자기계발의 주제가 되어 마침내는 그 방면의 프로가 된 예도 있습니다. 일반적으로 취미는 그 자체를 즐기는 것이 목적인데 반해, 자기계발은 주제를 정해 향상하는 것을 전제로 하는 점이 다르다는 것을 알 수 있습니다.

일과 관련된 것부터 시작하라 ③

우선 직장에서의 문제점을 알아보고,
일의 처리 방법을 자기 나름대로 연구한다.

무언가 주제를 갖고 있다 하더라도 어떤 것을 선택하면 좋을지 몰라 망설이는 사람도 많을 것입니다. 우선 일과 관계된 것부터 시작하는 것이 하나의 방법입니다. 예를 들면, 주어진 일을 결정지어진 대로 능숙하게 처리할 수 있다면 아무런 걱정도 없을 것입니다. 그러나 직장에서의 모든 일이 그렇게 쉬울까요? 결코 그렇진 않을 것입니다.

정해진 시간에 일이 끝나지 않고 매일 잔업이 계속된다, 클레임이나 납기 지연이 끊임없이 발생한다, 목표를 달성할 수 없다, 직장과 직장, 또는 직장 내에서 연락이 잘 이루어지지 않는다 등, 이런 문제들은 흔히 일어납니다.

주어진 일을 제대로 해낸다 ─ 그것만으로는 하루가 재미없다는 생각이 듭니다.

지금보다 즐겁고 빠르게, 그리고 정확하고 아름답게 일을 할 수만 있다면 모든 관계자나 고객에게 기쁨을 줄 수 있다. 이를 위해서는 어떻게 하면 좋은가 — 우선, 이것부터 시작해 보면 어떨까요?

매우 당연한 것 같지만 이것이 가능하다면 대단한 것이라고 생각합니다.

일로 인해 생긴 문제점을 해결하거나 창의력으로 보다 효율적인 방법을 고안해 실행하는 것은 즐거운 일이며, 일을 할 때 경쟁심을 갖게 할 수 있습니다. 그에 대한 구체적인 방법 등에 대해서는 나중에 생각해 보기로 하겠습니다.

어차피 직장에서는 꼭 주어진 일만 하는 것이 아니므로, 무언가 그곳에서 자기 나름대로의 공부나 자기 자신을 진보 · 향상시킬 수 있는 것 등에 관심을 갖도록 하십시오. 그렇게 함으로써 매사에 일이 부드럽게 진행되는 것은 물론이며, 주위에서도 인정을 받아 생활에 의욕을 갖게 될 것입니다.

즉 '자발적으로 맞붙는 것' — 이것이야말로 자기계발의 첫걸음입니다.

자기계발은 '어디서', '어떻게'

자기계발에도 '정석'이 있다.
그 정석을 알고 행동하면 진보가 빠르고 결실도 좋다.

자기계발을 하고 싶어도 방법을 모르는 사람은 우선 직장 사람들을 관찰하는 일부터 시작하면 어떨까요?

직장에는 여러 사람들이 있습니다. 그 중에도 직장 선배들의 행동이나 그들로부터 받는 처우를 유심히 관찰하면 많은 도움이 될 것입니다.

단지 자기 앞에 주어진 일만 열심히 하는 사람은 어떤 취급을 당하고 있을까요? 아마 그다지 중요하게 여겨지지 않을 것입니다.

상사에 따라서 이러한 부하를 귀중한 보물 취급하는 경우도 있지만, 갈수록 전혀 쓸모가 없게 되어 버리는 경우가 더 많은 것 같습니다. 최악의 경우는 과로사나 무력감 같은 증상을 나타내기도 합니다. 게다가 상사에게 일일이 묻지 않고서는 일을 못하는 사람은 앞으로 더 이상 직장을 다닐 수 없을 것입니다. 이러한 사람을 이미 당신의 직장에서 보지 않았습니까?

그런데 자기계발에는 전문가나 지도자가 없는 것이 보통이라고 앞에서도 말했지만, 그 대신 기본 정석은 있습니다. 자기계발은 기본 정석에 따르는 편이 결과도 훨씬 좋습니다.

자기계발의 기본 정석을 알기 쉽게 다음과 같이 정리해 보았습니다. 개중에는 '자기계발을 위해 이렇게 여러 가지를 해야 하나?' 하고 생각하는 사람들도 많겠지만 걱정하지 마십시오. 자세한 것은 뒤에서 다시 다루도록 하겠습니다.

자기계발의 기본 정석

제1조 라이프 플랜(인생의 장기 목표)을 세운다.

제2조 하찮은 일에도 정확성을 가한다.

제3조 본보기(모범이 되는 것)를 보고 배운다.

제4조 이해력을 기른다.(감성을 기른다)

제5조 발상력, 기획력, 실행력을 기른다.

제6조 표현력을 기른다.

제7조 자신을 알고 상대방을 간파한다.

자기계발의 기본 정석

우선 본보기를 보고 배운다. 그리고 자기만의 세계를
갈고 닦는 것이 자기계발의 스타트 라인이다.

우선 자기계발 기본 정석의 제1조로 '라이프 플랜(life plan)'을 들수 있습니다. 그렇지만 라이프 플랜, 즉 '인생의 장기 목표'를 갖고 있다 해도 그렇게 분명한 계획을 세우고 있는 사람은 그다지 많지 않을 것이며, 어릴 때부터 '나는 이런 사람이 되고 싶다'고 생각했다 하더라도 반드시 그대로 이루어지지는 않습니다.

사람들은 누구나 '저 사람과 같이 되고 싶다'라든가, '이런 생활 방식에 감동을 받았다'라는 생각을 해 보았을 것입니다. 바로 그것이 귀중한 것입니다.

다시 말하면 이상이라든가 목표를 갖는 것이 자기계발의 출발점이 되는 것입니다. 만약 목표도 없고 닥치는 대로 공부만 할 경우, 지속적이지 못하면 결실은 좋지 않을 것입니다.

라이프 플랜은 처음부터 정확하지 않아도 좋습니다. 앞에서도 말했듯이, 직장 선배 등을 보고 '저 사람처럼 되고 싶다'라는 생각만 가져도 좋습니다. 이것은 자기계발의 기존 정석 제3조에 해당된다고 볼 수 있습니다. 무엇인가 앞서고 싶다면 자기계발의 기본 정석 제2조와 제3조부터 시작합니다. 또한 '자기다운 무언가'를 갖고 '자기다움'을 발휘하고 싶을 때는 자기계발의 기본 정석 제4·5·6·7조를 실행할 것을 권합니다.

　세부 사항에 관해서는 차차 설명하겠지만, 무엇을 할 때는 다른 사람의 기분이나 자신이 처한 환경을 빨리 파악하는 것이 우선이 되어야 합니다. 이것이 제4조의 '이해력(감성)'과 관계가 있습니다.

'이해력'이란? 6

겸허한 자세로 생각하고 관찰함으로써 지금까지
몰랐던 것에 '눈을 뜨는 것'이 키포인트.

'이해력'이 무엇인지 언뜻 떠오르지 않는 사람이 많을 것입니다. 그러나 그렇게 어렵게 생각할 필요는 없습니다. 기본 정석 제3조 '본보기를 보고 배운다'를 실행하는 것도 이해력의 향상과 관계가 있습니다.

예를 들면, 당신의 직장에서 선배나 동료 중에 남다른 공적을 세운 사람이 있다면 당신은 어떤 생각을 하겠습니까? 혹시 '그는 운이 좋았어'라든가, '그는 다른 사람과는 다르다'라고 생각하지는 않습니까?

이러한 생각은 자기계발과는 전혀 거리가 멉니다.

이런 경우 겸허한 자세로, '왜 그만이 그렇게 성적(성과)이 좋을까?' 하고 연구해 보아야 합니다. 그리고 그의 행동을 자세히 관찰하는 것입니다.

그러면 여러 가지를 알 수 있을 것입니다. 즉 다른 사람들이 쉽게 놓치는 것을 절대로 놓치지 않는다거나, 남의 눈에 띄지 않게 노력을 하는 남다른 면을 발견할 수 있을 것입니다.

이처럼 정신을 차리고 보면 지금까지는 몰랐던 것에 눈을 뜨게 되는데, 그 순간부터 이해력은 놀랄 정도로 향상됩니다. 이렇게 보면 자기계발의 기본 정석인 '본보기를 보고 배우는 것'이나 '이해력을 기르는 것'이 그렇게 어려운 것만은 아니라고 생각합니다.

단지 알고 있는 것만 가지고는 안 되며, 무엇이든지 행동으로 옮기는 일이 중요합니다. 따라서 당신의 주위에 특히 훌륭한 업적을 이룬 사람이 있다면 여기서 소개했던 방법으로 그 사람을 관찰하고 분석해 보십시오. 그리고 당신이 흉내 낼 수 있는 것이 있다면 곧바로 받아들여 실행해 보는 것입니다. 그렇게 할 때 당신도 많은 발전을 할 것입니다.

뛰어난 사람 중에는 선천적으로 천재적인 능력의 소유자이거나 남이 흉내 낼 수 없는 섬광을 보이는 사람도 드물게 있습니다. 그런 사람을 흉내 낸다는 것은 무리이겠지만, 특별한 예외를 제외한다면 그야말로 종이 한 장 정도의 차이일 것입니다. 이러한 경험이 거듭되는 가운데 당신도 훌륭한 사회인으로 발돋움할 수 있게 됩니다.

자기계발을 위해
해 두어야 할 일

일반적인 평가나 모방에 의존하지 말고, '무엇이
자신에게 가치 있는 것인가?'에 초점을 맞춘다.

앞에서도 말했지만, 자기계발은 지금의 일과는 다소 관계가 멀어도 자신의 장래를 위해 꼭 필요한 것이라면 무엇이나 좋습니다. 즉 자기 자신을 위한 것이면 됩니다. 자신에게 도움이 되는 것이 무엇인지는 그때그때 알 수 없으므로, 그것을 알기 위해서라도 라이프 플랜을 세워 두면 좋을 것입니다.

물론 자신의 장래는 불확실합니다. 전혀 생각지도 않은 것에서 도움을 받을 수도 있고, 반대로 도움이 될 것이라고 생각했던 것이 전혀 그렇지 않을 수도 있습니다. 그것을 구별하는 뚜렷한 방법이 없기 때문에 단락적短絡的, 타산적打算的으로 '무엇을 해야 할까'를 생각해 보는 것이 좋습니다.

또한 자기계발을 고려할 때는, '무엇이 가치가 있고, 무엇이 도움이 될까?' 하는 일반적인 평가는 별로 참고가 되지 못하며, '자기에게 있어서 무엇일까?' 하는 것이 중요한 척도가 됨을 알아야 합니다.

그런 만큼 자기계발의 주제를 선택할 때는, 예를 들어 'ㅇㅇ가 세미나에 참가했으니 나도……'와 같은 발상은 피해야 합니다. 다른 사람에게는 가치가 있는 것이라 하더라도 자신에게 가치가 없으면 아무리 노력을 해도 별의미가 없기 때문입니다.

일반적으로 응용 범위가 넓은 것, 예를 들어 영어 회화나 법률(관련 법규), 분야에 따라 생산 관리, 원가 계산, 마케팅 등을 생각할 수 있습니다. 물론 이러한 것들이 결정적인 요인이 된다고 할 수는 없습니다. 오히려 '이해력', '기획력', '표현력' 등이 필요한 것입니다.

미래를 대비한 자기계발의 포인트

시시각각 변화하는 주변에 대응할 수 있는
'응용력' 이나 '유연성' 을 기른다.

한평생을 살아가다 보면 많은 일이 일어납니다. 독자적으로 회사를 운영하는 사람은 물론, 한 회사에서 오랫동안 일을 하려고 생각했던 사람도 회사의 상황에 따라 처음 시작했던 업종과는 전혀 다른 일을 하게 되는 경우가 많을 것입니다. 예를 들면, 화학 회사에 취직했다가 부동산 일을 하는 사람, 제당 회사에서 레저 산업으로 옮겨 지금은 그 회사의 사장으로 있는 사람, 은행에서 근무하다가 호텔 지배인으로 바뀐 사람 등, 매우 다양합니다. 이러한 예는 모두 주위에서 실제로 일어나고 있는 현상으로, 최근 조사한 바에 의하면 처음 입사했던 회사에 그대로 있는 사람은 별로 없는 것으로 나타났습니다.

저의 경우 사회인이 된 지 30년이 넘었는데, 그 동안 사람들이 너무 많이 변해 버렸다는 것을 절실히 느낄 수 있습니다. 게다가 저처럼 자신의 의지에 따라 탈 샐러리맨을 선언한 사람들을 제외하고는 대부분이 자기 의사와는 달리 회사의 사정이나 명령에 의한 전출이 대부분입니다.

그렇기 때문에 지금의 일과 직접 관련이 있는 분야에서만의 자기계발이 필요한 것이 아니라 좀 더 시야를 넓혀 많은 분야에 흥미를 갖고 공부하는 것이 좋겠습니다.

그리고 이러한 경향, 즉 처음에 종사했던 분야와 전혀 다른 분야로 바뀌어 가는 추세는 앞으로 더욱 더 심해질 것으로 예상됩니다.

왜냐하면 경영을 둘러싼 환경의 변화가 그만큼 심해져 기업이나 그곳에서 일하는 비즈니스맨도 변화에 대응할 줄 아는 능력이 요구되고 있기 때문입니다. 앞에서 말한 것처럼 무엇을 자기계발의 주제로 삼을 것인지에 대해 쉽게 말할 수는 없지만, 결국 지나치게 하나의 일에만 집착해 융통성이 없는 것은 곤란하다고 생각합니다.

옛날에는 외곬으로 걷는 사람이 존경을 받았습니다. 물론 지금도 한 가지에 특별히 뛰어난 것이 나쁘다고는 할 수 없습니다. 그렇지만 그로 인해 시시각각 변화하는 주위에 대응하지 못한다면 곤란합니다. 앞으로는 응용력이나 유연성 등이 크게 문제가 될 것입니다.

1. 하나에서부터, 관계가 있는 것을 '연상'한다. (예)산 → 공기

2. 하나에서부터, 전혀 상반되는 것을 생각한다. (예)백 → 흑

3. 전혀 관계가 없는 것 같은 두 가지의 것에서 공통점을 찾는다.

   (예)물과 역사 → 흐름

4. 사물의 움직임을 생각한다. (예)원료 → 가공 → 유통 → 판매

5. 추상적인 것을 생각한다. (예)지성 → 감성, 전쟁 → 평화, 성장 → 쇠퇴

9 효율적인 자기계발법

지나치게 단락적 · 타산적으로 생각하지 않는가. 무엇을 해도 헛되게 해서는 안 된다. '급할수록 돌아가라'는 말도 있다.

자기계발이란 결국 사람이기 때문에 마지못해 하는 것이 아니라 자기다운 삶을 살기 위해, 하루하루를 윤택하게 보내기 위해, 확실한 미래를 보장받기 위해, 자신을 성장시키기 위해 무엇인가를 선택하는 것이 자기계발의 출발점이라고 생각합니다. 처음에는 다소 초점에서 벗어나거나 솜씨가 서툴러도 좋습니다. 오히려 너무 단락적이고 타산적이면 후에 응용을 할 수 없는 좁은 범위의 능력밖에 되지 않거나 전혀 도움이 되지 않을 우려도 생각하십시오.

시야를 넓게 하고, 이해력을 높이고, 풍부한 발상으로 표현력을 높이는 것 등에 정신을 쏟으면 무엇을 해도 도움이 될 것이라고 생각합니다.

그러한 의미에서 이 책에서는 다른 일부 참고 서적처럼 '저것을 해주십시오'라든가 '이것이 좋습니다' 따위는 전혀 소개하지 않을 것입니다. 그 이유는 사람이나 상황에 따라 무엇이 좋은가를 무조건 한 가지로 말할 수 없기 때문입니다.

구체적인 노하우를 아는 것이 빠른 것처럼 보일 수도 있지만, 실은 전혀 반대입니다. 사물을 보는 각도, 사고 방법, 정보를 수집하는 방법, 문제를 처리하는 능력이나 해결 방법, 사람을 관찰하는 힌트 따위를 그 사람에 맞춰 생각하면 어떤 상황에 처해서도 도움이 될 것입니다.

자기계발에 대한 힌트를 위와 같이 종류별로 열거하면 꽤 대단한 것처럼 생각될 수 있지만, 의외로 그렇지 않을 수도 있습니다. 왜냐하면 하나의 돌파구가 생기면 그 다음부터는 연쇄 반응이 일어나 상승효과를 발휘할 수가 있기 때문입니다.

뒤에서 자세히 말하겠지만, 일례로 정보와 인력의 관계가 확실한 그 전형입니다. 처음에 인맥 없이 정보를 수집하는 데에는 꽤 많은 어려움이 따르겠지만, 일단 하나의 돌파구를 찾으면 어떤 정보와도 인맥이 맺어져 많은 자료를 모을 수가 있게 됩니다.

PART 02

먼저 해보는
올바른 자기계발

학생 독서법에서 벗어나라

처음부터 끝까지 내용 전체를 암기하려는 '학생 독서법'
으로는 독서의 즐거움이나 효과를 얻지 못하고 쉽게 좌절한다.

　자기계발은 어디서부터 시작해도 헛되지 않습니다. 그렇기 때문에
일상생활 중에서 흥미 있는 것부터 시작해도 무관합니다. 예를 들면,
선배나 동료를 관찰하는 것, 직장의 업무 개선 등 무엇이라도 좋습니
다. 그러나 가장 중요한 것은, 무엇을 어디서부터 하든지 매사에 확
실해야 된다는 점입니다.

　이처럼 확실하게 하기 위한 가장 올바른 방법으로는 독서나 강습
회, 세미나 참여 등을 들 수 있습니다. 그런데 대다수 비즈니스맨은
독서에 대해 어렵고 힘들다고 생각하고 있습니다. 그렇지만 개중에
는 여러 가지 책을 어떻게든지 읽고 이해한 후, 실행에 옮기기 위해
눈물겨운 노력을 아끼지 않는 사람도 많이 있습니다.

　물론 책 속에 있는 글이 현실과는 거리감이 있는, 이상적인 경우가
많으므로 벽에 부딪히는 것은 당연합니다. 그렇기 때문에 그들(책으
로 공부하는 비즈니스맨)은 읽고 있는 책이 교과서와 같을 수가 없다

는 것을 곧 알게 됩니다.

오히려 이 정도는 아직 준수한 편에 속할지도 모릅니다. 어떤 사람들은 책을 사 놓고도 어려워서 한 페이지를 못 넘기는가 하면, 지루함을 참으면서 읽다가 잠이 들어 버린다거나 바쁜 일이 생겨 더 이상 읽지 못하는 경우도 있습니다. 소위 책을 사 놓기만 하고 읽지 않는 타입입니다.

이렇게 되지 않기 위해서는 어떻게 하는 것이 좋겠습니까? 또 독서가 그다지 많은 도움을 주지 않는다거나 졸음을 부르는 원인이 된다고 생각하십니까?

참고서나 비즈니스에 관한 책은 추리 소설이나 만화 같이 흥미롭지 못하므로 독서의 즐거움이나 효과를 기대하지 못하고 읽다가, 혹은 읽기도 전에 쉽게 좌절해 버릴 수 있습니다.

그렇다면 어떤 방법으로 책을 읽으면 좋을까요?

방법은 '학생 독서법' 에서 벗어나는 것입니다.

주입식 독서법에서 벗어나라

실제의 경험을 통해 얻은 자신의 느낌을 독서로 확인한다.
여기서 생기는 '감동' 이 사회인의 독서의 기초가 된다.

학생 때부터 몸에 배어 있는 독서법은 주로 교과서나 참고서의 내용을 전부 읽고 중요한 부분을 암기한 후 그것을 시험으로 확인하는, 전혀 흥미롭지 못한 방법이었다고 생각합니다.

그러나 이러한 독서법이 전혀 도움이 안 된다는 뜻은 아닙니다. 기초 지식을 주입하는 데는 다소 도움이 될 수도 있습니다. 단지 제 경험으로는 이런 벼락치기의 기억은 시간의 경과와 함께 점점 흐려져 실무에 거의 도움이 되지 않았습니다. 아무래도 사회인의 독서는 암기를 전제로 한다 해도 관계는 없지만, 그 정도의 필요성이나 가치는 없다고 봅니다.

그럼 어떤 독서 방법이 좋을까요?

제가 권하고 싶은 것은 우선 몸으로 직접 부딪쳐 많은 것을 체험해 보는 것입니다. 예를 들면, 생산 관리라고 하는 것은 제조 현장에서 직접 제품을 만들거나 가공하는 등 생산 라인에 관계되는 일입니다.

그러한 경험 중, '여기는 이렇게 해야 되지 않을까?', '이렇게 하면 좀 더 빠르지 않을까?', '쓸데없지나 않을까?' 등, 자기 나름대로의 의문을 가지고 가설을 세워 보는 것입니다.

그리고 의문점에 관해서는 생산 관리 책 가운데 하나를 선택해서 읽으면 됩니다. 예를 들어 직장에서 제품을 만들거나 가공할 때 무언가 방법이 석연치 않을 경우, 그 원인을 찾고 싶거나 좀 더 기본을 확실하게 알고 싶으면 그 분야에 관한 책을 보는 것입니다. 그러면, '작업은 표준화하고 표준 시간도 설정하는 것이 좋다', '그 방법은……' 등 알고 싶은 내용이 그 안에 쓰여 있습니다. 그러는 가운데 자기의 생각이 옳다는 것을 알았을 때의 그 감동이란 이루 말할 수 없습니다.

이와 같은 독서법이 옳다고 생각이 들면 바로 실천해 보십시오.

또한 책은 무조건 많은 양을 읽기보다는 필요에 의해서 부분적으로 읽는 것이 좋다고 생각합니다.

책을 어떻게 읽을 것인가?

책의 생명을 머리말, 차례, 띠지, 표지 뒷면 및
양쪽 날개, 판권에서 찾아 내용을 골라 읽는다.

왜 앞에서와 같은 독서법을 권하는가 하면, 제가 비즈니스에 관한 책을 쓴 입장에서 그 사정을 잘 알고 있기 때문입니다. 저자의 입장에서는, 한 권의 책을 통째로 읽고 기억해 주길 바라는 것이 아니라 이 부분만큼은 반드시 기억해 주거나 알아주었으면 하는 것입니다.

그 외의 다른 내용은 단지 어떤 것을 설명하기 위한 보조, 또는 복선에 불과하기 때문에 굳이 암기할 필요가 없습니다.

그렇다면 포인트를 찾는 요령에 대해서 눈치 빠른 독자라면 이미 알아차렸을 것으로 생각되지만, 지금부터 간단히 설명해 보기로 하겠습니다.

우선 머리말은 반드시 읽으십시오. 머리말에서는 저자의 집필 의도를 알 수 있으며, 전체적인 내용에 관해서도 간단하게나마 설명이 되어 있습니다. '이 책은 이러한 독자를 대상으로 이러한 것을 목적으로 써졌습니다. 제1장에서는 주로 초보자를 위해 ○○의 기본을 상세히 설명했으며, 제2장은……, 제3장은……, 그리고 제4, 5장에서는 좀 더 나아가 고도의 기술을 배우고 싶어 하는 사람을 위해서……' 라는 식이 대부분입니다. 그렇기 때문에 머리말을 읽는 것만으로도 어디가 중요한 부분인가를 짐작할 수 있습니다.

그 다음으로 차례를 봅니다. 차례를 보면 당신이 가장 필요로 하는 내용이 어디인가 머리말을 참고로 하면서 초점을 좀 더 좁힐 수 있습니다.

그리고 나서는 띠지와 표지 뒷면과 양 날개, 판권(저자명, 발행자, 발행 연월일, 정가 등이 인쇄된 면) 등도 주의해 주십시오. 거기에는 이 책의 '생명' 이라고 할 수 있을 정도의 중요한 내용이 메시지 형태로 나타나 있습니다. 특히 판권에는 보통 저자의 약력이나 저서, 전문 분야에 관한 설명이 있습니다. 여기서 더 필요한 참고 문헌을 발견하기도 하며, 저자의 연락처도 알 수 있습니다. 이런 식으로 목표를 정해 놓고 선택해서 읽는 독서법으로 시작하면 좋을 것입니다. 원래 흥미를 가졌던 부분이기 때문에 싫증도 나지 않고 의외로 빠른 시간에 책 속으로 빠져 들어갈 것입니다.

읽어야 할 책을 선택하는 법 13

상사나 선배의 추천, 신문 광고 등이나 서점, 도서관
등에서 읽고 싶은 책의 정보를 구한다.

책을 읽는 방법에 대해서는 대충 설명된 것으로 생각합니다. 그런데 그 전에 '무엇을 읽을까?', '읽어야 할 책은 어디서 찾을까?' 하고 고민하는 사람들을 위해 책의 선택법에 대해 잠깐 설명하고자 합니다.

우선 첫째로 강연회나 세미나에서 강사가 추천한 도서나 참고서를 읽는 방법이 있습니다. 이러한 도서들은 거의가 우량도서임에 틀림없습니다. 보다 일반적인 방법으로는 상사나 선배가 권해 주는 책을 읽는 것입니다.

또한 신문에는 책 광고뿐만 아니라 서평과 함께 많은 신간이 소개되므로, 그 방법을 이용하는 것도 좋습니다. 고전적인 책이라면 현재 시판되고 있는 단행본이나 잡지의 특집 등도 권할 만합니다. 전문 분야에 관한 책은 여러 회사의 사보(업계지)나 학술지 등을 참고하십시오.

물론 서점의 진열대에는 여러 종류의 많은 책이 겹겹이 쌓여 있기 때문에 어떤 책을 선택해야 좋을지 곤란할 정도입니다. 하지만 대형 서점에는 분야별로 진열이 되어 있어 선택하는 데 편리합니다.

한편 읽고 싶은 책을 실제로 구입할 때 꼭 주의해야 할 사항은, 서점에서 분류해 놓은 것이 일관성이 있다고 볼 수 없으므로 있어야 할 곳이 아닌 엉뚱한 곳에서 찾는 경우도 종종 있다는 것입니다. 이럴 때에는 서점 직원의 도움을 받는 것이 좋습니다. 서점 직원들도 바쁠 때는 독자가 찾는 책을 잘 찾아 주기 힘들지만, 한가한 시간에는 잘 찾아 줍니다.

또한 대형 서점에서는 보통 컴퓨터로 책을 관리하고 있으므로, 책명이나 저자, 발행처만 알면 쉽게 찾아볼 수 있습니다. 서점에서 구입할 수 없는, 출간된 지 오래된 책은 고서점이나 도서관을 이용하십시오.

골라서 읽을 경우 그 의미

관련된 부분이나 참고 문헌을 읽고
무언가 한 가지라도 힌트를 얻으면 좋다.

이렇게 해서 원하는 책을 구했으면 12장에서 말했던 요령으로 흥미가 있거나 의문스러웠던 부분을 확실하게 알겠다는 각오를 갖고 골라서 읽기 시작합니다. 그렇게 읽다 보면 내용을 연결 짓기 위해 앞으로 돌아가거나, 아니면 훨씬 뒤까지 읽어 나가지 않으면 그 의미를 알 수 없는 부분도 나올 것입니다.

그럴 때는 계속해서 읽으면 좋습니다.

또한 그 중에는 "이 점에 대해 자세히 설명할 지면의 여유가 없는 관계로 참고 문헌을 기록해 두었으니, 참조해 주시길 바랍니다."라고 쓰여 있기도 합니다. 이러한 경우에는 가능하면 참고 서적을 구해 읽어 볼 것을 권하고 싶습니다. 의외로 독자가 자세히 알고 싶어 하는 내용을 참고 문헌에서 볼 수 있는 예가 많습니다. 하지만 전문 서적은 값이 비싸기 때문에 용돈이나 점심값에 많은 영향을 줄지도 모릅니다. 그럴 경우 큰 도서관을 이용하는 것이 좋습니다.

일반적으로 생각해 보면 책이 가장 싸지 않나 하는 생각도 듭니다. 자신의 일생을 좌우하는 데 단 한 권의 책이 미치는 영향을 생각하면 비싸다고 할 수 없습니다. 물론 그런 책과 우연히 만나는 일도 드물 겠지만, 단지 많건 적건 무언가 배울 수 있다는 그 자체만 가지고도 결코 비싸다고 할 수 없습니다.

책은 내용에 따라 일과 관련된 전문서, 기술 해설서, 비즈니스·노하우, 인간관계나 리더십, 아랫사람에 대한 지도, 그 외 직장 생활에 관한 여러 가지 문제, 인생론, 사물을 보는 법, 에세이, 소설 등 여러 갈래로 분류할 수 있습니다. 물론 이것이 아니면 안 된다는 뜻이 아니라 어느 것을 택해도 배울 것은 많이 있습니다.

일반적으로 비즈니스·노하우의 결론만을 나타낸 것보다 사물을 보는 방법이나 사고력, 살아가는 방식 등이 응용 범위가 넓다는 것은 앞에서도 말한 대로입니다. 목적별로 구분 지어 읽으면 좋다고 생각합니다.

여러 장르의 작품을 접해 보면 활자로부터의
이미지 세계가 끝없이 펼쳐지는 즐거움을 느낄 수 있다.

사회인들의 독서는 관심이 있는 부분만 골라서 읽어도 관계가 없
다고 말했습니다. 반면 장르별로 나누어 읽어도 좋다고 14장에서 잠
깐 언급했습니다. 이처럼 비즈니스에 관한 책이나 전문 서적은 선택
해서 읽어도 좋지만, 소설 등은 그렇게 하기에는 부적당합니다. 특히
추리 소설류는 처음부터 범인을 알아 버리면 읽고 싶은 흥미를 잃게
됩니다.

소설이나 역사책도 사회인들에게 권하고 싶습니다. 그것은 단순히
흥미 본위로 잠깐 쉬기 위한 수단이라기보다는 살아가면서 필요한
여러 가지 방식을 생각하게 해 주기 때문입니다. 즉 소설이나 역사책
은 어떤 의미로는 철학과 통한다고 볼 수 있습니다. 보통 철학책은
읽고 싶은 마음도 생기지 않지만, 혹 읽는다 해도 어디까지 이해할
수 있을 것인가 의문입니다. 하지만 소설이나 역사책은 우리도 모르
는 사이에 우리들에게 그러한 것은 깨닫게 해 줍니다.

여러 작품이 있지만, 예를 들어 안데르센의 동화 「벌거벗은 임금님」과 아쿠타가와 류노스케芥川龍之介가 어린이들을 위해 쓴 동화 등은 비즈니스맨의 생활 방식과 결코 무관하지 않습니다. 그런 의미에서 셰익스피어의 「햄릿」이나 「리어왕」 등의 희곡도 인간을 이해하는 데 많은 도움을 줄 것입니다. 어느 큰 기업에서는 관리 직원 연수에 셰익스피어를 문제 삼고 있을 정도입니다. 부하를 다루어야 할 사람에게는 그러한 작품이 매우 적절한 교재가 되고 있습니다. 중국 고전도 자기계발을 위한 교재로 최적입니다. 특히 「사기」, 「십팔사략」 등은 비즈니스맨들에게 시사하는 것이 많은 책들입니다.

이러한 소설이나 역사책을 읽을 때 이미지를 떠올리면서 읽으면 즐거움이 두 배로 늘어납니다. 요즘 젊은 사람들은 영상 세대라고 하여 활자를 경원시하고 비디오나 만화, 일러스트를 좋아하는 경향이 짙은데, 저의 경우는 이처럼 영상화된 것에서는 왠지 부족함을 느낍니다. 그것보다 활자를 하나하나 쫓아가면 끝없이 넓은 이미지 세계에서의 다시없는 로망을 느낄 수가 있습니다. 물론 영상이나 일러스트도 우수한 면이 있기 때문에 그 존재 가치를 평가하지 않을 수는 없지만, 활자를 싫어하는 사람은 평생 손해가 될 것으로 생각합니다.

책을 덮어 놓고 그 곳에서의 이미지를 넓혀 가는 기술을 체험한 사람이라면 영상에서는 맛보지 못한 끝없는 로망의 세계 속으로 빠져들어가 아주 멋진 감동을 느낄 수 있을 것입니다.

사원 연수의 필요성 16

사원 연수는 일시적인 것으로 한계가 있는 것은 확실하지만, 받는 쪽에서
'받아들이는' 자세가 되어 있지 않는 것이 성과가 없는 가장 큰 원인이다.

독서 이외에 자기계발을 할 수 있는 방법으로는 세미나, 강연회,
또는 회사 내의 연수 등을 생각할 수 있습니다. 세미나와 강연회는
자비를 들여 참여하거나 회사에서 부담하여 참가하는 경우가 있습니
다. 일과 직접 관계가 있을 때는 회사에서 비용을 대는 경우가 많지
만, 별로 관계가 없을 때는 자비로 부담해야 합니다. 책과는 달리 세
미나와 강연회는 참가비가 비싸 자기 부담액이 어느 정도인지를 사
전에 고려하지 않으면 안 됩니다.

어쨌든 사내 연수는 회사의 경비와 시간을 들여서 하는 것이지만
사원들로부터 그다지 환영을 받지 못하고 있는 것 같습니다. 대기업
이나 중소기업에서는 일반적으로 사원 교육을 좋아해 신입 사원 교
육을 비롯해 중견 사원 교육, 관리자 교육, 영업 사원 교육, 여사원
교육에다 최근에는 라이프 플랜 교육까지 그야말로 '사원 교육의 홍
수'라고 할 정도로 각종 사원 교육을 실시하고 있습니다.

사원 연수가 환영받지 못하는 이유는 여러 가지 있겠지만, 역시 고생하는 것에 비해 별 도움이 되지 않기 때문이 아니겠습니까? 모처럼 연수를 받아도 실제 직장 생활에서 쓰이는 경우가 많지 않습니다. 이런 이유에서 회사 측이나 인사 교육 담당자들이 아무리 사원 연수에 노력을 기울인다 해도 받아들이는 측에서 자세가 되어 있지 않으면 효과를 기대할 수 없습니다.

게다가 연수는 일시적인 것이라 기능을 실제로 자기 것으로 만드는 것은 실무를 통해서만이 가능하다고 볼 수 있습니다. 학교 교육이나 연수보다 실무를 경험함으로써 확실하게 기능을 마스터할 수 있기 때문에 OJT (on the job training:현장 교육)를 강조하는 사람이 있습니다.

그렇다면 연수는 무의미한 것이 아닐까 하는 생각도 들겠지만 반드시 그런 것만은 아닙니다. 연수도 실무를 통해서 느꼈던 의문점을 분명히 하거나 한 쪽으로 치우친 지식이나 기능을 궤도 수정한다는 점에서 의미가 있는 것입니다.

실무와 연수의 차이점 17

바쁜 일과 중에 자신과 직장을 직시한다.
이것만으로도 사원 연수의 가치가 있다.

사원 연수는 거의 무료이므로 모두가 별 생각 없이 쉽게 참여하는 것 같은데, 그 중에는 시대와 맞지 않는 심한 훈련이라든가 폭력적인 연수도 있습니다. 그러므로 선별하여 참가하는 것이 좋습니다.

그러나 이런 극단적인 경우를 제외하고는, 일반적으로 아무리 쓸모없다고 생각되는 연수라도 나름대로 도움이 되는 점이 있을 것입니다.

특히 그 당시보다는 훗날에 많은 도움을 주는 경우가 적지 않기 때문에 처음부터 참가해 보려는 적극적인 마음을 갖는 것이 중요합니다.

앞에서 말했듯이, 실무는 연수보다 한층 더 일의 기능을 익힐 수 있는 '장'입니다. 예를 들면, 대학의 경제학과, 경영학과를 나와 회계 실무를 경험하지 않은 사람보다 고등학교만 나왔어도 회사 회계로 있었던 사람이 오히려 회계 실무 능력이 뛰어날 수 있습니다. 또

회계 세미나에 참여했어도 곧바로 실무 능력을 발휘하기는 어렵기 때문에 직장은 어느 학교나 학원보다 훌륭한 능력 개발의 도장인 것입니다.

단지 일만을 고집해서는 시야가 좁아지고 편중될 우려가 있습니다. 그런 의미에서 연수도 실무를 통해 얻은 지식이나 기능, 감촉 등을 '확실하게 정리 한다' 는 마음으로 참가한다면 매우 많은 도움이 될 것입니다. 지나치게 연수에 기대를 하지 않고 그저 '보조 수단' 으로 생각해야만 오히려 도움 받을 수 있는 기회가 많을 것입니다.

자기에게 맞는 세미나 선택법 18

세미나 선택의 결정적인 요인은 교육 과정과 강사, 강사의 지명도에 유혹되지 말고, '내용'으로 선택한다.

사원 연수는 외부 강습회와 비교했을 때 비용이 적게 들어 많은 이용을 권하고 싶지만, 그것에만 의존할 경우에는 한계에 부딪히는 것을 부정할 수 없습니다. 게다가 사원 교육은 기본적으로 정해져 있는 것이기 때문에 변함이 없고 한계가 있습니다. 그러므로 자기에게 필요한 것, 자기에게 맞는 것은 자신이 찾아야만 합니다.

그렇다면 어떻게 찾을 수 있을까? 우선 상사나 당신에게 오는 다이렉트 메일(direct mail), 회사와 교섭이 있는 연수 기관, 상공회의소 등이 주최하는 공개강좌에서 발행되는 팸플릿, 평소 관심을 갖던 분야의 것을 선택하는 방법이 있습니다. 또한 조금만 주의해 보면 경제 신문이나 비즈니스 잡지, 단행본 등에도 강좌나 세미나가 종종 소개되는 것을 알 수 있습니다.

이들 강좌는 참가해 보지 않으면 그 내용을 잘 알 수 없지만, 강좌명이나 강사, 내용 소개 등에 따라 어느 정도 알 수 있는 경우도 있습니다. 정치나 종교에 관한 강연회는 자기계발이라는 관점으로는 권하고 싶지 않습니다.

특히 주의할 것은 강사입니다. 일반적으로 매스컴 등에 이름이 많이 오르내리는 강사를 선택하는 경향이 있는데, 그처럼 이른바 지명도로 선택하게 될 때 실망하는 경우가 종종 있습니다. 왜냐하면 그러한 강사는 일반적으로 매우 바빠 정보 수집, 즉 연구할 시간이 별로 없어 내용(초점)이 여러 갈래로 흐르는 경향이 있기 때문입니다.

게다가 매스컴에서 이름이 널리 알려져 있는 강사는 일반적으로 강연료도 높아 수강자가 부담하는 참가비가 비싸게 마련입니다.

강사의 경력은, 만약 강사가 저자인 경우라면 책 속의 내용이나 뒷부분에 쓰여 있는 약력 등으로 판단하는 수밖에 없습니다.

강습회에 참가할 때의 자세

강습회만으로 지식, 기술을 마스터하기를 기대하지 말라. 앞으로의 일에 영향을 미치게 될 유력한 정보원을 찾는 것이 중요하다.

외부 강습회나 세미나 등에 대한 의견이나 감상, 느낌이 여러 가지일 수 있으나, 어떤 것이든 모든 사람에게 100% 만족을 주기는 어렵다고 생각합니다. 일반적으로 공개되는 강습회는 강사나 주최자 측이 초점을 모든 수강자에게 맞출 수 없는 관계로 보통 최대 공약수의 수강자를 상정해 기획을 합니다. 그러므로 개개인 수강자들의 욕구를 골고루 충족시키기는 어렵다고 봅니다.

예를 들어 중소기업과 대기업 사원들에게 강의를 할 때, 대기업에 초점을 맞춰 강좌를 진행하면 아무래도 중소기업 사원들이 불만을 갖는 것은 당연하지 않을까요? 반대로 중소기업에 맞춰 이야기를 진행하면 대기업 사원들이 불만을 갖게 되는 점도 충분히 고려되어야할 사항입니다. 또한 같은 대기업, 중소기업이라 해도 업종이나 업태에 따라 사정이 그야말로 천차만별이기 때문에, 불특정 다수를 대상으로 하는 강좌인 경우에는 핵심이 분명해야 될 필요가 있습니다.

이상과 같이 공개강좌의 문제점과 한계를 강사의 측면에서 살펴보았는데, 수강하는 사람들도 이러한 사정들을 이해하고 참가하려는 자세가 되어 있어야 한다고 생각합니다. 그렇지 않으면 늘 불만이 남아 별로 성과를 기대할 수 없습니다. 수강자들에게 있어서는 강좌 그 자체의 내용도 물론 중요하지만, 그에 못지않게 중요한 것은 강좌에서 얻을 수 있는 정보의 질이라고 생각합니다.

즉 당신이 참가한 강좌가 반나절 코스이거나 하루 코스, 또는 두 시간도 채 안 되는 강습회인지 알 수는 없지만, 그처럼 단시간에 한 가지 분야의 기술이나 능력을 충분히 전달받을 수 있다는 기대는 하지 않는 것이 좋다고 생각됩니다.

그보다는 그 강좌를 기본으로 해 앞으로의 일에 미치는 영향이 어느 정도인가를 파악하는 것이 중요합니다. "시간이 한정되어 여기서 다루지 못하니, 이 점에 관해서는 이러한 참고서를 참조해 주세요."라든가, "이 분야에 대해서는 여기서 다루지 않겠습니다."라는 등의 말이 얼마만큼 나오는지가 문제입니다.

그 강좌가 입문 강좌였다면 초급, 중급, 상급 순으로 계속되어지는가를 알아보고, 만약 그렇지 않다면 수강자 쪽에서 적극적으로 질문을 해야 합니다. 강습회는 그 자체만으로 지식이나 기술을 마스터하는 것이라기보다는 그것이 어느 정도 정보원이 될 수 있는지가 포인트라고 해도 좋을 것입니다.

영어 회화가 잘
안 되는 이유

20

외국어는 자기의 의사를 전하려는 '의욕'이 가장 중요
하다. 실제로 사용하지 않으면 효과를 기대할 수 없다.

응용 범위가 넓은 자기계발로써 외국어, 특히 영어 회화를 배우는
사람이 많은 것 같습니다. 사회인치고 외국어 공부 한 번 안 해 본 사
람은 없을 것입니다. 그런데 오랫동안 공부한 것에 비해 별로 성과가
좋지 않은 것은 왜일까요? 가장 큰 원인은, 국내에서는 외국어를 사
용할 기회가 적기 때문이라고 생각합니다. 또한 국내의 외국어 교육
이 읽는 것을 중심으로 하고 말하고 듣는 연습은 그다지 중요하게 여
기지 않은 것도 원인의 한 가지라고 생각합니다.

언젠가 한국에 온 지 반 년도 안 된 외국인 영어 회화 선생이 한국
말을 너무나 잘해, "그렇게 한국말을 잘하는 비결이 있습니까? 저는
영어 회화를 오랫동안 공부하고 있는데 잘 되지 않는 이유가 뭡니
까?" 하고 물었더니, "말은 공부하는 것이 아니라 사용하는 것입니
다. 한국 사람은 영어를 배워도 잘 사용하지 않는 것 같습니다. 내 강
의를 듣고 있는 학생들도 비싼 돈을 주는 데 반해 영어를 너무 사용

하지 않습니다. 그렇기 때문에 잘 되지 않는 것입니다."라고 대답하는 것을 들었습니다.

영어 회화 학원에서 기본을 배우는 것도 중요하지만, 사용할 기회가 별로 없으면 아무리 학원에서 잘해도 실제 상황에서는 말이 잘 나오지 않는 것이 당연한지도 모릅니다. 말을 의식적으로 잘하려고 하는 사람은 오히려 더 안 되는 것 같습니다. 구애받지 말고 그저 자기의사를 전달하려는 의욕이 중요합니다. 자기보다 외국어를 잘하는 사람과 같이 있을 때, 그 사람에게만 의존하는 것도 좋지 않습니다. 같은 나라 사람들끼리 해외여행을 할 때도 외국어는 전혀 잘 되지 않습니다. 또 장기 체류 주재원이었다 해도 같은 국적 사람들끼리만 어울린다면, 햇수에 관계없이 회화가 잘 안 되는 경우가 많은 것 같습니다.

역시 혼자서 이것저것 해 보려는 마음가짐이 아니면 외국어를 잘하려는 기대는 갖지 않는 것이 좋습니다.

외국어를 공부할 때 어휘를 많이 익히는 것도 중요합니다. 그렇지만 무엇보다도 자기계발의 기본인 '이해력'이나 '표현력'을 바탕으로 해야 하는 것을 잊지 마십시오.

21

자격증에 도전하는 것도 자기계발

자격증에 도전하는 것은 지식이나 기능을 익히기 위한 것이 아니라 명확한
목표의 선택과 달성에 따르는 자신감을 얻기 위하 유력한 자기계발의 수단이다.

자격증을 취득한다고 해서 당장 수입과 연결된다거나 생계를 유지할 수 있는 수단이 된다고는 볼 수 없습니다. 오히려 그러한 것은 기대하지 않는 것이 좋습니다. 그러나 자격증을 선택하는 것에 따라 새로운 지식이나 기능, 그리고 그것에 관련된 새로운 세계를 향하는 돌파구가 된다는 것은 충분히 기대할 만합니다. 무엇보다 자격증의 장점이라고 할 수 있는 것은 자기의 재능을 타인에게 알리는 데 매우 빠르다는 점입니다.

'무엇을 할 수 있습니다.' 라는 것보다 'ㅇㅇ사입니다.' 라고 하는 것이 어떤 사람에게라도 확실한 신뢰를 줄 것입니다.

또한 하나의 목표를 정해 놓고 그 목표를 달성했다는 것은 본인에게 있어 커다란 자신감을 갖게 할 것입니다. 그것은 그 이후의 인생에 있어서도 마음의 지주가 될 것입니다.

자격증은 국가 자격증에서 민간 자격증까지 합하면 그 수가 엄청

나게 많습니다. 어디서부터 손을 댈 것인지조차도 모를 정도로 그 종류가 다양합니다. 따라서 여기서는, '어떠한 방법으로 접근할 수 있을까?', '분야별로 어떤 것이 있을까?' 를 패턴화하여 설명하려고 합니다.

우선 전형적인 접근법 중 하나는 현재 종사하고 있는 일과 관계 깊은 자격증을 생각할 수 있습니다. 그 전에 물론 자격의 필수 과목인 면허도 있습니다. 예를 들면, 자동차업계와 관련된 운전면허가 그것입니다.

또 다음과 같은 경우도 있습니다. 현재 총무 관계의 일을 하는 사람이 꼭 공인 노무사 자격이 필요하지는 않지만 지식을 정리하는 김에 실무 능력 외에 관련 법규도 공부해 둔다는 자세로 자격증을 취득한 경우도 있습니다. 저 역시 샐러리맨 시절에 이러한 생각으로 취득했던 자격증이 있습니다.

22

자격증과 돈을 연결하지 말라

자격증 취득을 반드시 돈과 연결 지어 생각하는 것은 좋지 않다.
자격증을 절대취급하거나 과잉 기대하는 것도 금물이다.

예전에 저는 자동차 회사에서 관련 기업(판매 회사)지점 설치 일을 담당했던 적이 있습니다. 이 일에는 부동산, 특히 토지의 취득 문제가 따라다녔습니다. 토지 매매나 임대차와 관계된 일은 계약이 복잡하여 전문적인 지식이 필요했습니다.

학생 때부터 법률 공부는 딱 질색이었던 저였지만, 일을 하면서 생각이 많이 바뀌었습니다. 일에 있어 문제나 실수가 생기지 않게 하기 위해서는 법률을 어느 정도 알아야 한다는 생각을 하게 되었고, 그때 이왕이면 공인중개사 자격증을 따 두면 좋을 것 같아 용돈을 절약해 관련 서적을 사서 공부를 했던 것입니다.

다시 말해, 부동산업을 경영하겠다는 마음보다는 본업 이외의 공부를 함으로써 사회 일반의 이해나 인식이 필요하다는 생각을 했던 것입니다. 당시의 상사가 제가 이 자격증 시험에 대비해 공부하고 있다는 사실을 알고는 놀란 얼굴로, "자네 부동산 중개 사무실이라도 차릴 생각인가?" 하고 물어보았던 기억도 납니다.

마침내 저는 공인중개사 시험에 응시하였고, 자격증을 취득하였습니다. 다행히 이 자격증은 요즘 매우 인기가 있는 자격증의 하나가 되었고, 개인적으로도 얼마나 많은 도움을 얻었는지 모릅니다.

이 자격증을 취득함으로써 민법을 비롯해 질색이었던 법률(건축기준법, 부동산 임차법 등)을 조금이나마 알게 되었고, 토지나 가옥의 등기와 공도(公圖 : 토지대장에 딸려 토지의 구획, 지목, 지번 등을 적은 지도)를 확인하는 방법 등 많은 생활의 지혜를 배울 수 있었습니다.

만약 그 자격증을 선택하지 않았다면 그러한 것을 알 기회가 전혀 없었을 것입니다.

자격증을 취득함으로써 돈을 벌 수 있다는 생각을 버리더라도 그 자격증을 선택하는 것에 충분한 의미가 있다는 것을 알아야 합니다.

23

일과 관련되지 않은 자격증에 도전하려면

취미와 실익을 겸한 자격증은 많지 않다.
즐거운 마음으로 도전하는 것이 좋다.

앞에서 말했듯이, 현재 하고 있는 일과 관련된 자격증을 취득하는 것 외에 일과는 전혀 관계가 없이 단지 흥미 있는 분야나 평소 자신이 있던 분야의 자격증에 도전하는 것을 생각할 수 있습니다.

예를 들면, 여행을 좋아하는 사람은 여행 업무 취급자, 스키를 좋아하는 사람은 스키 지도자 등의 자격증을 취득하는 것입니다.

최근에는 붓글씨와 펜글씨에도 많은 관심들을 갖고 있는 것 같습니다. 물론 자격증이 있는 것은 아니지만, 그 방면으로 자신이 있는 사람이 취미로 배워 두면 언젠가 도움이 될지도 모릅니다. 워드 프로세서나 퍼스널 컴퓨터 시대에 글자가 웬 말이냐 하는 사람도 있지만, 그것은 잘못된 생각입니다. 워드 프로세서, 퍼스널 컴퓨터 시대이기 때문에 자필이나 육필이 더욱 더 돋보일 수 있는 것입니다.

어렵고 힘든 것을 극복하는 일은 젊은이에게 어울린다고 생각합니다. 중년을 넘어서면 좌절의 두려움도 크고 기능의 향상에도 자연히 한계가 따르게 마련입니다.

처음부터 프로가 되겠다는 생각 없이 일종의 자극제나 건강법으로써 자격증을 선택하는 것도 좋은 방법입니다. 수영을 전혀 못하던 사람이 수영에 눈을 떠 구조원 자격에 도전해 마침내 자격증을 취득한 경우나, 외국어를 제대로 구사하지 못하던 사람이 텔레비전이나 오디오를 통해 영어를 비롯한 그 외의 외국어를 마스터함으로써 마침내 자격증을 취득한 경우에서도 '하면 된다' 라는 경험의 실례를 볼 수 있습니다.

이 외에도 평소 요통으로 고생하던 사람이 치료를 위해 요가나 지압법 마사지를 공부한 덕분에 병이 나은 것은 물론이고 자격증을 취득해 전문 치료사가 된 예도 있습니다.

자격증에 도전할 때 주의해야 할 점

24

자격증을 취득하는 문제나 자격증의 수에 구애받지 말 것.
도전하는 과정을 중요시하고, 자격·면허는 결과로 생각한다.

　세무사나 기업 진단사 등 전문 과목이나 폭이 넓은 지식, 경력이 요구되는 것에 도전해 보는 것도 나쁘지 않을 것입니다. 특히 세무사는 자격에 필요한 전 과목을 통과해야 되므로, 한 과목이라도 성적이 좋지 않으면 안 됩니다. 그러나 밤을 새워 가며 하는 벼락치기식의 공부로는 별 기대를 할 수도 없고, 그다지 효과도 없습니다.

　기업 진단사의 경우도 마찬가지로, '이 기업의 경영 상태가 부실한 원인이 무엇일까', '이 공장은 왜 생산성이 오르지 않는 것일까' 등, 항상 문제의식을 가지고 관찰해 보는 것이 무엇보다 중요합니다. 그리고 많은 아이디어를 창출해 내고 경영 그 자체에 흥미를 가짐으로써 자격증에 도전한다는 마음가짐이 성공의 지름길이라고 생각합니다. 자격증을 취득하지 않는다 하더라도 이런 접근법은 머리를 유연하게 할 수 있는 비결입니다.

　물론 자격증을 취득할 때가지 참고 노력하면 성취감도 느낄 수 있고, 자신감도 생깁니다.

제 경우에는 결과보다 과정을 중요시 여깁니다. 온갖 자격증이란 자격증에는 다 도전하여 여러 가지 자격증과 면허증을 취득한 이른바 '자격증광' 이라고 불리는 사람도 있는데, 반드시 그렇지만은 않습니다. 오히려 그 반대인 경우가 많은 것 같습니다.

자격을 이것저것 갖추고 있지만 실제로 실무는 아무것도 할 수 없는 사람이 꽤 많습니다. 이렇게 되면 무엇을 위한 자격증인지 알 수 없게 됩니다. 자격증을 취득했다고 해서 마치 장원 급제라도 한 것처럼 생각하는 것은 절대 금물입니다.

자격증만 가지고는 영업할 수 없다. 프로로 자립하기
위해서는 영업력이나 정보, 인맥이 절대 필요하다.

　예를 들어 공인중개사 자격증을 취득했다고 합시다. 개업에 필요
한 면허를 취득했으므로 당연히 사무실을 갖출 것입니다. 그러나 정
보나 손님을 어떻게 모아 오겠습니까? 부동산 중개업은 정보가 생명
입니다. 그렇다면 정보를 어떻게 모을 수 있을까요? 또한 어떻게 해
서 정보를 수집했다 해도 어디에서 손님을 끌어올까요? 이렇게 생각
하면 제가 말한 의미를 잘 알 수 있을 것입니다.

　세무사의 경우도 마찬가지라고 할 수 있습니다. 세무사 자격증을
취득하면 세무나 세법 등에 관한 한 프로급의 지식을 인정받게 됩니
다. 그러나 그러한 지식을 어디에 활용할 수 있을까요? 소송 의뢰인,
즉 회사는 회사대로, 상점은 상점대로 세무사의 조언이나 지도가 필
요하지만, 유력한 회사나 상점은 모두 다른 세무사에게 부탁하고 있
다고 보아도 과언이 아닐 것입니다.

　어떤 일을 해도 영업을 잘하기 위해서는 나름대로의 경영 노하우

나 영업 능력을 필요로 합니다. 그것은 자격과는 직접 관계가 없는 것으로, 타고난 센스와 오랜 경험 속의 폭넓은 인간관계 등에 의해 많이 좌우된다고 볼 수 있습니다.

자격증에 도전하는 것은 확실히 지식을 넓히고 새로운 세계를 개척해 나가는 데 도움을 줄 뿐 아니라 자신감도 생길 수 있습니다. 그러나 자격증을 과대평가해서는 안 됩니다. 그것은 프로로 인정받을 수 있는 전제 조건일 뿐, 그 자체가 절대적인 것일 수는 없습니다. 때문에 저의 경우도 그 당시의 필요에 의해서가 아니라 그냥 취득해 두면 좋겠다는 의도에서 도전했으며, 그 과정에서 어려워했던 방면의 지식을 넓히면 그것이 일상생활에도 도움을 줄 것이라는 가벼운 기분으로 시작했습니다. 그 결과 의외의 기쁨을 느낄 수 있었던 것입니다.

즉 지나치게 골똘히 생각하여 이것이 아니면 안 된다는 생각은 옳지 않으며, 여유로운 기분으로 자격증에 도전할 것을 권하고 싶습니다. 만약 그 길의 프로가 되고 싶다면 자격 취득과 함께 동료나 인맥 관리에 좀 더 신경을 쓸 필요가 있습니다.(제6부 참조)

PART 03

감성(이해력)을
키운다

아무리 능력이 출중하거나 또 많은 기회가 주어지더라도, 감성이
둔해 알아차리지 못하면 값진 보물을 썩히는 것과 마찬가지이다.

자기계발의 기본 정석 제4조에 '감성(이해력)을 기른다' 라는 항목
을 들어 지금까지 감성의 중요성을 몇 번이고 강조해 설명했습니다.
이제 대부분의 독자가 아실 것으로 생각하지만 재삼 강조하자면, 무
슨 일이든지 '알아차린다' 는 것이 중요합니다. 아무리 귀중한 정보
와 아이디어가 있어도 알아채지 못하면 '돼지 목에 진주 목걸이를
한 것' 과 다름이 없습니다. 바꿔 말하면, 매우 위급한 상황에 처해 있
거나 큰 문제가 닥쳤을 때 상황을 재빨리 '알아채지 못하면' 곤경에
빠지게 된다는 것입니다.

그렇기 때문에, '사회인으로서 성공할 수 있을까?' , '행복하게 될
수 있을까?' 하는 것은, '무엇을 할 수 있을까?' '어떠한 능력이 있
을까?' 라고 생각하는 것보다는, '귀중한 정보를 찾거나 아이디어를
창출하여 가장 빠르게 문제를 파악할 수 있는 능력' 여부에 따라 결
정지어진다고 해도 과언이 아닐 것입니다.

그렇다면 이러한 '감성'은 어디에서 결정지어지는 것일까요? 타고난 소질에 의해 좌우되는 것은 아니지요? 확실히 소질에 의해 좌우되는 부분도 없지 않다고는 말할 수 없습니다. 그러나 그러한 소질을 타고나지 못한 사람이라도 문제의식을 갖는 방법과 평상시의 행동에 의해 점차적으로 감성을 키울 수 있다고 나는 확신합니다. 반대로 아무리 뛰어난 소질을 타고났더라도 오랫동안 감성을 둔화시키는 환경 속에 있으면 완전히 녹이 슬어 사용할 수 없게 되는 것을 여러분의 주위에서도 많이 봐 왔을 것입니다.

'우리들이 일상 취하는 행동 속에도 감성을 둔화시키는 환경 속에 있으면 완전히 녹이 슬어 사용할 수 없게 되는 것을 여러분의 주위에서도 많이 봐 왔을 것입니다.

'우리들이 일상 취하는 행동 속에도 감성을 둔화시키는 행동이 많다'는 것을 알아 두십시오. 이를테면 직장에서 손에 익숙지 않던 일 때문에 항상 마음이 편하지 않다가 그것이 익숙해짐에 따라 차차 걱정이 없어지게 된 경험을 해 보신 적은 없으셨습니까?

둔한 감성을 키우는 비결 II

27

'감성이 둔하다' — 그 전형은,
알고 있으면서도 본질을 잘 모르는 사람들.

익숙지 못해 항상 마음에 걸렸던 직장에서의 일, 예를 들면, 혼란과 실수가 많았던 일들이 점차 익숙해짐으로써 신경을 덜 쓰게 된다면 날로 무신경해지거나 매너리즘에 빠질 수 있습니다. 이러한 의식 속에서는 아무런 진보나 향상을 기대할 수 없는 것입니다.

일이 늦어지고 실수가 많다는 것은 그만큼 많은 사람에게 피해를 주고 또한 많은 사람의 노력의 결과에 찬물을 끼얹는 처사로, 그 일을 아직 깨닫지 못하고 있다는 것을 의미합니다.

역시 일을 한다는 것은 직장 동료들이나 손님 등 여러 사람들로부터 '프로로서 기대 받고 있는 것' 임을 의식해야 합니다. 그리고 그 기대에 부응해야 한다는 것입니다. 만약에 그것이 계획대로 되지 않는다면 '기대를 저버리는 일' 이 되고 마는 것입니다. 그러나 이러한 이치를 깨닫고 있는 사람은 의외로 많지 않습니다. 즉 그러한 사람들은 저절로 감성이 둔해지고 있다는 것을 알아야 합니다.

요즘 직장에서는, '불경기로 인해 물건이 잘 팔리지 않는다' 거나 '일이 잘 진척되지 않는다' 라고 환경과 주위 사람을 탓하는 등, 불평을 하는 사람이 많은 것으로 생각됩니다. 그러나 실제로는 그렇지 않습니다.

스스로 해야 할 일들이 많이 있는데도 불구하고 그것을 못 보고 빠뜨리거나 잊어버리는 것입니다. 아니면 더욱 많은 것을 알고 있으면서도 '하려고 하지 않는다' 는 것인지도 모릅니다. 이것은 자기가 알고 있는 것의 중요성을 실제로는 '모르고 있다' 는 것입니다.

이것도 감성이 둔화된 것이라고 말할 수밖에 없습니다. 자기계발의 기본 정석 제2조에 '하찮은 일에도 정확성을 기한다' 를 기억하십시오. 이것이 주는 의미가 무엇인지를 알아야 할 것입니다.

오늘날 각종 지식이나 정보를 가지고 있는 사람은 많이 있습니다. 그러나 그것을 실행할 수 있는 사람이나 진정한 의미를 아는 사람은 매우 드문 것으로 생각됩니다.

이해했다는 것은 충분히 알려고 하지 않았다는 것입니다.

어떤 행동이
감성을 둔하게 할까?

28

누구든지 자기도 모르는 사이에 감성을
둔화시키는 행동을 할 수 있다. 요주의!

자기 자신도 모르게 무심코 감성을 둔화시키는 행동을 많이 한다
는 것을 알게 되었을 것으로 생각합니다. 그렇다면 어떤 행동이나 배
경에서 감성이 둔해지고 성장이 저해되는 것일까요? 이제 '감성을
둔화시키는 12개 조항' 을 소개하고자 합니다.

특별한 사람들만이 이 12개 조항의 덫에 걸려드는 것이 아닙니다.
지극히 평범한 사람도 감성이 둔화되기 쉬운 배경이 우리들 주변 도
처에 깔려 있기 때문에 이 덫에 걸려들기 쉬운 것입니다. 그리고 이
러한 말을 하면서도 그런 기분이 드는 것이 두려운 것입니다.

그것도 신입 사원보다 베테랑이, 학력이나 지위가 낮은 사람보다
높은 사람들이 더욱 이 덫에 걸리기 쉬운 경향이 있습니다. 그렇기
때문에 한층 더 두려운 것입니다.

따라서 감성을 높이려고 생각한다면 우선 여기서 말했던 것을 항
상 염두에 두고 감성을 둔하게 하는 조항에 걸리지 않도록 주의해야

할 것이며, 만약 걸렸을 때에는 곧 반성하여 태도를 고치려고 노력해야 합니다. 시험 삼아 오늘부터 회의나 모임 등에서 상사나 동료, 다른 부서 사람들이 말하는 것을 들어 보십시오. 12개 조항에 해당하는 말이 반드시 그들의 입에서 나올 것입니다.

언제 어디서나 항상 스스로를 경계하십시오.

감성을 둔화시키는 12개 조항

제1조 그러한 것은 알고 있다.

제2조 그러한 것은 당연한 것(상식)이다.

제3조 그러한 것은 전례가 없다.

제4조 나는 최선을 다하고 있다.

제5조 다른 방법이 없다.

제6조 나의 책임이 아니다.

제7조 별 문제가 아니다.

제8조 다른 사람은 어떻게 생각할까?

제9조 변한 것이 없다.

제10조 모두와 같고 싶다.

제11조 내가 옳다.

제12조 네 책임이다

감성 100배 늘리기

29

감성을 높이기 위한 행동이 쉬운 것 같아도 실행하기
에는 꽤 어렵다. 항상 이것을 염두에 두고 실행할 것.

이제 감성을 둔화시키는 행동이나 의식을 배제하기 위한 노력의
한 방편으로 다음의 10개 조항을 유념해 주십시오. 상세한 것은 다음
기회로 미루고, 여기서는 그 포인트만을 중심으로 특히 어떠한 점에
주의하면 좋을까에 대해 구체적으로 설명하고자 합니다.

감성을 높이는 10개 조항(이하 10개　항)은 그저 당연한 것으로만
느꼈다면 곤란합니다.

만약 그저 그런 느낌만 받았다면 당신은 자기도 모르는 사이에 이
미 감성을 둔화시키는 12개 조항(이하 12개 조항)의 덫에 걸려 있다고
생각해야 합니다. 당연한 것이라고 느껴도 그 당연한 것이 얼마나 어
려운가를 알아야 할 것입니다.

불경기로 인해 물건이 잘 팔리지 않는다고 걱정하는 사람이 많은
데, 이 걱정은 '10개조항'의 제3조 '현장을 안다'를 실행하면 해결
될 것입니다. 또 지금까지 생산자, 유통업자, 즉 공급자 측 입장에서

만 생각하고 계획하고 실행하는 것에 습관이 붙어 버린 사람에게는 소비자 측의 견해나 사고방식을 전혀 찾아볼 수 없습니다. 이런 경우 시점을 조금 바꾸어 생각해 보면 돌파구를 얼마든지 찾을 수 있습니다.

마찬가지로, 제5조 '자기와 입장이 다른 사람의 존재를 알고 인정한다'가 가능하다면 이 세상의 문제는 거의 해결이 될 것입니다. 국제 분쟁이나 전쟁은 이것이 가능하지 않은 데서 발생하는 것이 아닐까요?

우리들 일상생활에서도 지나친 자기 본위의 생각이나 견해로 인해 마찰과 대립이 생기는 경우가 많습니다. 조금만 시점을 바꾸면 매사가 부드러워질 것입니다.

감성을 키우는 10개 조항

제1조 자연의 섭리에 따른다.

제2조 좋은 환경 속에서 감동을 체험한다.

제3조 현장을 체험한다.

제4조 유쾌 · 불쾌의 인상을 중요하게 여긴다.

제5조 자기와 입장이 다른 사람의 존재를 알고 인

　　　 정한다.

제6조 항상 다른 환경의 처지를 이해한다.

제7조 역사를 배운다.

제8조 고전을 배운다.

제9조 소박한 흥미, 관심, 호기심을 갖는다.

제10조 조용히 자신을 관찰해 본다.

감성과 일의 관계

감성이 둔하면 자기 자신의 생각을 강요하게 되고,
문제를 발생시킬 뿐만 아니라 해결할 수도 없다.

'물건이 잘 팔리지 않는다', '일이 생각대로 되지 않는다', '부하가 생각처럼 따라 주지 않는다' 등의 문제에서도 공급자 측(생산, 유통)이 자기들의 이론을 억지로 밀고 나가는 데서 문제가 일어나고 있지는 않은가 생각해 볼 필요가 있습니다.

예를 들면, '상품의 시장 점유율 ○○% 확보'라든가, '전년 대비 ○○% 상승' 등은 모두 공급자 측에 유리한 이론이지 소비자 측과는 전혀 무관한 것입니다. 또한 '일이 생각했던 대로 되지 않을 경우' 그 원인을 따져 보면, '외부에 의뢰(외주)한 물품의 공급이 늦어지고 있다', '담당자가 지시에 따라 주지 않는다' 등의 원인이 있을 수 있습니다. 외주나 담당자는 결정지어진 대로 일을 하는 것이 당연한 것이라고 생각할 수 있지만, 상대방은 상대방대로의 사정이 있을 수 있습니다. 물론 결정지어진 대로 할 수 없는 그 나름대로의 이유가 있더라도 언제까지나 기다려 줄 수는 없겠지요.

그러한 것에 대해 대책을 세우는 데는 '10개 조항'의 제1조 '자연의 섭리에 따른다'도 필요하지만, 제3조 '현장을 안다'가 가장 중요한 것입니다.

또한 직장의 대책 회의 등에서 힘 있는 사람이나 목소리가 큰 사람의 의견만이 반영되고 그 외 힘이 약한 사람의 의견은 묵살되는 것을 경험한 적은 없으신지요? '10개 조항'의 제4조 '유쾌·불쾌의 인상을 중요하게 여긴다'에는 힘이 약한 사람이나 목소리가 작은 사람도 자기의 생각을 솔직하게 표현할 수 있다는 의미가 함축되어 있습니다. 그런 의미에서 소비자는 지금까지 가장 목소리가 작은 사람이었습니다. 이처럼 공급자는 소비자의 작은 소리에 귀를 기울일 자세가 되어 있지 않으면 상품과 서비스에 지지를 받을 수 없습니다. 이것은 공급자와 소비자의 관계만이 아니고 직장에서의 상사와 부하, 또는 행정 관계자와 시민 사이에서도 이루어진다고 생각합니다. 앞으로는 공급자나 행정 관계자 측이 일방적으로 자기의 입장을 강요한다고 해서 그것이 무조건 받아들여지지는 않을 것입니다.

'생활자 감각'이 필요 — 하다고 하는 것은 바로 이러한 것을 지적하고 있는 것입니다.

31 생활 속에서 감성을 키우는 방법 I

보는 시점을 바꾸어 보면 늘 어렵던 문제도 의외로 술술 풀릴 수 있
으므로, 무슨 일이든지 '입장을 바꾸어서 생각해 볼 것'

　30장까지에서 서술했던 것을 일상생활에서 실해하는 데는 '10개조
항'의 제5조 '자기와 입장이 다른 사람의 존재를 알고 인정한다' 외
에 제6조 '항상 다른 환경의 처지를 이해한다'가 필요합니다.

　예를 들면, 물건을 파는 사람이 사는 사람의 입장이 되어 보는 것
입니다. 그러면 '사고 싶지 않은 것이 너무 많다', '세일즈맨은 필요
없을 때는 귀찮을 정도로 오지만 막상 필요할 때는 전혀 오지 않는다
(이것은 레스토랑이나 서비스업의 경우도 마찬가지입니다)', 'OA 기
기 등은 기능이 복잡하여 취급 설명서만 읽어서는 조작이 불가능하
다', '점원들의 서비스도 허술하고 상품에 대한 지식도 없다' 등 여
러 면으로 불편한 것만 눈에 띌 것입니다. 이렇게 사용하는 사람이나
사는 사람의 기분을 조금이라도 이해할 수 있다면 이번에는 자기 회
사나 자기 업계의 입장을 다시 한 번 되돌아보는 것입니다. 그러면
이제까지 깨닫지 못했던 점이 무엇인가 알게 되고, 보이지 않았던 것

이 보이게 될 것입니다.

　이것은 직장에서의 상사와 부하, 자기 부문과 타 부문, 그리고 젊은 층과 중·장년층 등 직장 이외의 모든 관계에서도 응용이 될 수 있습니다. 이를테면, '부하의 업무 능력이 부족하다' 라고 생각하고 있는 사람은 예전의 자신을 돌이켜보면 '좀 더 친절하게 가르쳐 주면 좋을 텐데……' 라고 생각하고 있는 부하의 심정을 알게 될 것이고, 그럼으로써 보다 적절한 지도도 할 수 있게 될 것입니다.

　또한, '다른 부문이 일하기가 더 쉬운 것 같은데 그쪽으로 바꾸어 주면 좋겠는데……' 라고 생각하던 것이 '상대방이 말하는 것을 좀 더 신중하게 듣지 않으면 안 되겠구나' 라는 생각으로 바뀔지도 모릅니다. 하지만, '이런 일을 하라고 시켰으니 실수가 많지' 라고 자신들이 실수를 해 놓고 마치 상대방이 실수한 것으로 비난을 한다면, 일이 순조로워질 것도 어렵게 되는 수가 있습니다.

　무슨 일이든지 자기 본위로는 잘될 수가 없습니다.

32 생활 속에서
감성을 키우는 방법 II

여행을 통해 좋은 환경, 평소와 다른 환경과
접해 보는 것은 감성을 높이는 유력한 수단이 된다.

상대방의 입장에 서서 사물을 보고 생각하는 것은 직장에서 뿐만 아니라 여러 다른 상황에서도 인간관계를 부드럽게 합니다. 반대로 그렇지 못하면 인간관계는 언제나 매끄럽지 못합니다. 인간관계가 좋지 못하면 '인맥'도 불가능하고, 정보도 모을 수 없습니다. 실력이 있으면서도 성공하지 못하는 사람은 아마 이런 문제가 내포되어 있는 경우가 많다고 생각합니다. 뒤에서 다시 자기 관리에 대해 깊이 연구해 보겠지만, 마음이 좁은 사람, 스트레스를 많이 받는 사람은 모든 점에서 마이너스입니다.

감성과 관련해 생각해 보면 여러 가지 방법이 있겠지만, 특히 '10개 조항'의 제2조 '좋은 환경 속에서 감동을 느낀다'와 제6조 '항상 다른 환경의 처지를 이해한다', 제7조 '역사를 배운다', 제8조 '고전을 배운다', 제9조 '소박한 흥미, 관심, 호기심을 갖는다', 제10조 '조용히 자신을 관찰해 본다' 등이 관계가 깊습니다.

제2조와 제6조를 응용하는 구체적인 방법으로써 여행을 권하고 싶습니다. 여행을 통해 평소와 달리 흙을 밟으면서 풍부한 자연의 감촉에 감동을 받거나 다른 환경 속에서 살고 있는 사람들의 생활을 알고 나면 마음이 온화해질 뿐 아니라 지금까지 자기 생활의 좋은 면과 나쁜 면들을 돌아볼 수 있는 기회가 될 것입니다.

여행에도 해외여행부터 국내여행, 하이킹 등 여러 가지가 있습니다. 해외여행에서는 우리나라와 세계(해외)라는 서로 다른 시야로 사물을 볼 수 있으며, 우리나라의 좋은 곳과 나쁜 곳, 이상한 점과 훌륭한 점 등이 확연해질 것입니다. 국내여행에서도 도시와 시골의 차이, 기후 · 풍토의 차이에서 언어의 차이 등을 피부로 느끼게 될 것이며, 비즈니스와 제1차 산업의 차이도 선명하게 클로즈업될 것입니다.

이런 것들이 모두 '감성을 키울 수 있는 것'으로 지금까지 느껴 보지 못했던 사람들은 자기 자신이 분명 작게 느껴질 것입니다.

33 생활 속에서 감성을 키우는 방법Ⅲ

늘 있던 곳에서 벗어나 다른 분야의
사람들과 대화하고 함께 행동한다.

　하루 코스의 하이킹을 떠나 보면 비록 짧은 시간이지만 도시의 오피스 빌딩가와는 전혀 다른 세계를 느낄 수가 있을 것입니다.

　그러한 의미에서 점심을 사무실에서 도시락을 먹거나 사내 식당을 이용하는 것이 저렴하고 편할지는 모르나 때에 따라서는 윈도쇼핑도 할 겸 거리로 나가 보는 것을 권하고 싶습니다.

　백화점이나 슈퍼마켓, 편의점 등의 음식 진열장에는 각종 음식이 한눈에 맛을 알아볼 수 있게 진열되어 있음을 알 수 있습니다. 또한 연인이나 가족 간의 대화 속에서 여자들의 관심사나 젊은이에서 노인에 이르기까지 세대별로 각각 느끼는 감정의 차이와 기호 등을 알 수 있을 것입니다.

　간혹 여자와 함께 쇼핑을 하면 그 동안 몰랐던 식품이나 화장품, 일용품, 잡화 등의 동향을 좀 더 자세히 알게 될 것입니다.

　제조업에 종사하고 있는 사람은 관계가 없다고 생각할지도 모르지만 결코 그렇지 않습니다. 세상은 빠르게 변화하고 있고, 화젯거리 또한 무궁무진합니다. 게다가 당신의 회사나 당신 자신이 언제 생각지도 못한 분야의 사업에 진출하게 될지도 모르는 것입니다. 그러한 예는 많이 있습니다. 적어도 뒤에서 문제 삼게 될 기획이나 아이디어 면에는 잠깐 여기서 설명한 것이 많은 도움을 줄 것입니다.

어떤 업계의 사람이더라도 서점에 드나드는 것을 권하고 싶습니다. 책은 여러 분야의 호황·불황을 비롯해 소비 경향을 잘 반영하고 있습니다. 특히 잡지는 시대를 앞서 나간다고 말할 수 있습니다.

또한 주변 환경에 따라 책의 진열 방법이 전혀 다르다는 것을 알 수 있을 것입니다. 사무실이 많이 있는 곳의 서점에는 비즈니스 책이 많으며, 번화가에 위치한 서점에서는 취미, 스포츠나 여행 관련 서적, 소설책 등을 많이 볼 수 있습니다.

생활 속에서
감성을 키우는 방법Ⅳ

역사도 보는 각도에 따라 크게 달라질 수 있다.
자신도 역사 속에서 살고 있다는 의식을 가지고 시대를 바라본다.

이처럼 일상생활 속에서 감성을 키우는 방법은 무한하지만 지면의
사정상 34, 35장에서만 다루기로 하겠습니다. 그러나 이것은 능력 개
발의 키포인트이기 때문에 다른 장에서도 감성과 관련된 것이 많이
나올 것이라고 생각합니다.

지금까지 소개한 감성을 키우는 방법이 '동적'이었다면, 그와는
반대로 '정적'인 방법도 있습니다. 그 대표로 독서를 들 수 있겠는
데, 이것에 대해서는 이미 제2장에서 간단하나마 소개한 바 있습니
다. 이제 '10개조항' 가운데 제7조와 제8조의 '역사'와 '고전'을 중
심으로 조금 깊이 파고들어가 보려고 합니다.

역사를 배우면 인간 사회의 변천을 이해할 수가 있습니다. 그리고
책이 싫은 사람은 텔레비전이나 영화에서도 역사를 배울 기회는 많
이 있습니다. 실제로 텔레비전에서 방영된 시대극이 계기가 되어 책
을 찾는 사람도 있습니다. 재미있는 것은 역사라고 하는 것은 사람에

의해, 시대에 의해 서로 다른 해석이 가능하다는 것입니다.

과학적 근거를 찾고 싶어 하는 현대인에게 역사는 아무렇게나 해석할 수 있는 것으로 비추어질지도 모르지만, 잊어서 안 되는 것은 우리도 역사 속에서 살아가고 있다는 것입니다. 소련이나 동유럽, 중국, 그리고 미국, 독일, 일본 등이 어떻게 변천하고, 그때그때의 정치가가 무엇을 호소하며 그것을 국민이 어떻게 받아들였는가? 후세 사람에게 우리들이 살아온 시대를 어떻게 전할까를 정확하게 생각해 두는 것이 무엇보다 중요하다고 생각합니다.

35 생활 속에서 감성을 키우는 방법 V

지금까지 남아 있는 '고전'을 통해
그 속에 살아 있는 예리한 감성을 배운다.

역사는 훗날 전혀 다르게 해석이 바뀌어 버리는 경우도 있지만, 그러한 변천 과정을 거치지 않고 지금까지 남아 있는 '고전'은 다른 의미에서 훌륭하다고 말할 수 있을 것입니다.

고전 중에는 난잡한 것도 있고 어려운 것도 없지는 않지만, 텔레비전의 교육 방송과 각종 문화 센터의 고전 강좌를 이용하거나 쉽게 풀이한 해설집이 시중에 많이 나와 있으므로 참고하시면 좋습니다.

중국 고전 가운데 「논어」는 유교의 교과서로써 도덕 교육의 근본을 가르치는 '충효'의 정신적인 지주로 여겨졌으나, 당시 많은 위정자가 이용한 탓으로 그다지 좋은 인상을 가지고 있는 사람이 많지 않은 것 같습니다. 본래 「논어」에는 인간과 사회의 진수, 본질을 담은 훌륭한 교훈이나 시사가 많이 있습니다. 전쟁 전후를 통해 정계, 재계, 교육계의 지도자들이 「논어」를 바르게 배웠다면 지도자로서 훌륭한 사람이 되었겠지만, 현실은 그렇지 못합니다.

한편 「노자」와 「장자」등은 자연의 섭리를 중요하게 여겨 동양의 실존 철학이라고도 합니다. 지구의 위기를 부르짖는 오늘날 이른바 생태학의 원점이라고 할 수 있는 내용이 포함되어 있다고 생각합니다. 그러나 이것이 위정자에게 있어서는 국민을 지배하는 데 장해가 된다고 보고 있어 이를 꺼려하는 것 같습니다. 또한 개인에게 있어서도 해석을 잘못하면 게으름과 태만을 권하는 것이 될 뿐 아니라 허무주의로 될 우려도 없지 않습니다.

국내에도 훌륭한 고전 문학 작품들이 많이 있으니, 참고 바랍니다.

'10개 조항'의 제 10조 '조용히 자신을 관찰해 본다'에서는 이상의 역사와 고전을 읽거나 여행을 통해 자연과 함께하면서 자신을 돌아보는 것도 좋습니다.

나는 이미지 훈련이라는 일종의 명상법瞑想法을 공부해 20년도 넘게 실천해 왔습니다. 이것은 스트레스를 해소할 때나 우울할 때, 또는 아이디어를 내고 싶을 때 등, 폭 넓게 이용될 수 있습니다. 자세한 것은 제9부 '현대를 건전하게 살아가는 자기 관리'편에서 설명하겠습니다.

PART 04

표현력을 기른다

표현력 기르기 36

표현력과 이해력은 일 대 일,
표현력을 높이기 위해 우선 '이해력'을 키운다.

　자기계발의 기본 정석 제6조는 '표현력을 기른다' 입니다. 왜 표현력이 필요한가에 대해서는 더 이상 설명이 필요치 않습니다. 인간은 혼자서는 살아갈 수가 없습니다. 주위 사람들의 도움을 받아야 많은 활동을 할 수 있는 것입니다. 표현력이 부족하면 자기 마음을 전달할 수도 없고, 상대방에게 무언가 오해를 받고 있어도 그것을 수정할 수 없습니다. 아무리 감성이 뛰어나고 발상력이 풍부해도 그것을 다른 사람에게 전달하지 못할 때는 전혀 아이디어를 활용할 수가 없게 됩니다.

　실제로 표현력이 약해 손해를 보는 사람이 우리 주위에는 의외로 많이 있습니다. 어쩌면 당신도 그 중 한 사람인지 모릅니다.

　따라서 이 장에서는 왜 표현력이 필요한지보다는, '어떻게 하면 표현력을 기를 수 있는가?'에 초점을 맞춰 이야기를 하려고 합니다.

　표현력과 감성은 일 대 일인 것으로, 다른 사람의 이야기를 잘 듣고 이해하는 것이 표현력을 높이는 전제가 됩니다. 예를 들면, 세일즈맨은 표현력을 가장 필요로 하는 사람으로 여겨지고 있습니다. "나는 말주변이 좋지 않으므로 세일즈맨으로 적당하지 못해."라고 말하는 사람을 종종 볼 수 있습니다. 그러나 말주변이 좋지 않은데 의외로 세일즈맨으로서 성공한 사람도 있는가 하면, 반대로 말은 잘하는데 업무 성적이 나쁜 사람도 있습니다. 이것은 대인 관계를 중요하게 여기는 세일즈라는 일 자체로 볼 때 마을 잘하는 것이 반드시 필요한 절대 조건은 아니라는 것을 시사해 주고 있습니다. 그렇다면 말을 하는 것 이외에 무엇이 필요한가? 물론 여러 가지 조건을 떠올릴 수 있지만, 설령 말주변이 좋지 않더라도 '상대방(세일즈의 경우에는 손님)이 무엇을 생각하고 무엇을 원하고 있는가' 를 이해할 수 있는 능력을 갖추었을 때는 아무리 목소리가 작고 말수가 적어도 상대방의 마음을 사로잡을 수 있습니다. 이것이 가장 중대한 조건이라고 할 수 있습니다.

이것은 세일즈 뿐 아니라 직장이나 가정, 그 외 사회 전반의 여러 대인 관계에서도 공통적으로 필요하다고 생각합니다. 표현력을 높이고 싶다면 우선 '이해력' 을 기르십시오.

표현할 때 주의해야 할 3가지

37

표현하고자 할 때에는 사실을 정확하게 파악,
생각을 일목요연하게 정리한다.

표현은 구체적으로 '말' 과 '글' 로 나타내는 것이 보통이지만, 이
두 가지 방법에 대해서 말하기 전에, '도대체 무엇을 말하고 무엇을
써야 하나?' 라는 문제가 있습니다.

예를 들어 상사에게 참고 의견을 말할 때, '그저 그렇게 생각했기
때문에' 라는 말은 통하지 않을 것입니다. 비판할 때나 반대할 때는
충분한 나름대로의 이유나 확실한 증거가 필요합니다.

즉 적어도 비즈니스에 있어서 무엇인가를 말할 때는 반드시 사실
에 근거해야만 합니다. 이것은 의견을 피력할 때 뿐 아니라 어떤 경
우에도 가장 중요한 요소입니다.

따라서 직장에서 의견을 말하거나 문서를 제출할 때, 적어도 다음
의 두 가지 능력을 갖추지 않으면 안 됩니다.

❶ 사실을 정확하게 파악하는 능력

❷ 생각을 정리하는 능력

이 두 가지를 갖추게 되면 자연히 보고(연락)·표현하는 능력이 생기게 됩니다.

확실한 증거 없이 표현력만으로 주위를 사로잡는 사람도 적지 않지만, 아무리 훌륭한 언변일지라도 알맹이나 내용이 없으면 상대방의 마음을 사로잡을 수 없습니다.

또한 '❶사실을 정확하게 판단하는 능력'은 좋아도 '❷생각을 정리하는 능력'이 부족하거나 결여되어 있으면, 전혀 내용이 없게 되어 상대방의 마음을 움직일 수 없습니다. 즉 설득력이 없는 표현이 되고 말 것입니다.

그렇기 때문에 표현력을 키우려면, '❶사실을 정확하게 판단하는 일'과 '❷그 사실에 근거해 생각을 정리하는 일'의 두 단계가 먼저 필요합니다.

앞에서 말한 '무엇을 말하고 무엇을 써야하나?'라는 문제에 대해서는 이상의 요소를 확실하게만 다져 두면 걱정할 것이 없습니다. 즉 '❶ 사실에 근거하고, ❷상대방이 알 수 있도록 생각을 일목요연하게 정리한다'는 두 가지 조건만 갖추고 있으면, 설득력이 있는 내용의 발언, 문서가 될 것임에 틀림없습니다.

38

사실을 확인, 생각을 정리하는 방법

여러 사람의 이야기를 듣고 자기의 눈과 귀, 발로 확인할 것, 그렇게 수집된 정보는 카드를 사용하여 정리하면서 생각을 종합한다.

　사실을 정확하게 포착하는 능력에는 앞에서도 말한 감성이 크게 도움이 될 것입니다. 왜냐하면 사람의 이야기를 듣는 것이 반드시 필요하기 때문입니다. 그러나 그것만 가지고는 안 됩니다. 그 이유는 들은 이야기가 허위일 수도 있고 사물을 보는 견해나 생각하는 방법이 사람마다 제각기 다르기 때문입니다. 그렇기 때문에 어떠한 일을 조사할 때는 관계자의 말을 듣더라도 한사람의 말만 들어서는 안 됩니다. 가능하면 여러 사람의 이야기를 듣는 것이 효과적인 방법입니다. 또 한 가지 잊어서는 안 될 것이 있다면, 상대방의 이야기를 들을 때는 자신의 눈과 귀, 그리고 발로 확인하는 것입니다.

　이 처럼 사실을 정확하게 받아들이려는 마음 자세라면 그것이 커다란 힘이 됩니다. 그러나 앞에서도 이야기 했던 것처럼 아직 이 단계에서는 충분한 표현력이나 설득력과 결부 짓지 않아도 됩니다. 그러한 사실을 정리하기만 하면 되는데, 이것이 '생각을 정리한다' 의

단계입니다.

수집한 정보를 정리하기 위해서는 카드를 사용하면 좋을 것입니다. 정보를 수집하는 단계에서부터 카드에 메모를 하여 그것을 책상 위에 나란히 놓고 보면 다음 생각이 정리될 수 있습니다. 그리고 이 단계에서 떠오르는 생각을 또다시 메모합니다.

카드를 정리할 때는,

❶ 어떻게 될 것인가?,

❷ 왜 그럴까?,

❸ 어떻게 하면 좋을까?,

❹ 어떤 결과(성과)를 기대할 수 있을까?

등으로 분류해 갑니다.

예를 들면,

❶당사의 B제품의 판매가 부진하다.

지역별로는……,

시계열時系列……,

도매점, 소매점의 구매 선호도는……,

라이벌 회사 제품의 동향은…….

❷이상을 종합하면 B제품은 상품 자체로는 라이벌 제품에 비해 그다지 열세하지 않음을 알 수 있습니다. B제품의 판매가 부진한 이유는 도매점이나 소매점 등 취급업자의 기호에 맞지 않거나 사용자

로부터의 제품 인지도가 낮다는 것 등에서 주된 원인을 찾을 수 있습니다.

❸따라서 판매 부진을 위한 대책으로써 사용자의 캠페인, CM지원, 도매점이나 소매점의 판매 촉진 전략 등을 생각할 수 있습니다.

이러한 요령으로 ❶, ❷, ❸, ❹의 사고 전개에 맞추어 메모를 정리해 보십시오.

39 상사에게 보고할 때

상사에게 보고할 때는 구두로 신속하게 전하고,
문서로 정확성을 기한다. 두 가지 모두 사용할 것.

사람들의 이야기를 듣고 정보를 수집하고 생각을 종합했다면, 그것을 다른 사람에게 말이나 글로 전하는 단계, 즉 전달하는 단계로 들어갑니다. 여기서는 우선 말하는 것에 대해서 연구해 보기로 합니다.

말을 하는 상황은,

❶ 상사나 관계자와 일 대 일로 말하는 경우

❷ 회의 등에서 비교적 소수의 사람들에게 말하는 경우

❸ 많은 청중들 앞에서 말하는 경우

등 여러 가지가 있습니다. 이 세 가지 모두 중요하지만, 일상생활에서 가장 일반적인 것은 ❶의 일 대 일의 대화입니다.

그 중 여기서 상사에게 하는 보고나 제안을 주로 다루려고 하는 것은 다른 경우에도 이것에 준해 생각하면 되기 때문입니다.

상사에게 하는 보고나 제안은 정식으로는 문서를 통해 이루어집니다. 즉 쓰는 수단이 정식 방법이라고 말할 수 있습니다. 문서는 보존이 가능하고 나중에라도 확인이 가능하기 때문에 정식 커뮤니케이션 수단이 됩니다.

그런데 문서 작성에 능숙하지 못한 사람은 우물쭈물하는 사이에 보고가 늦어져 타이밍을 놓치게 되는데, 이것은 결과적으로 보고의 의무를 게을리 한 것이 됩니다. 따라서 내용에 따라 급한 경우에는 말로 하는 방법을 택해야 합니다. 먼저 구두로 보고하고 '나중에 정식으로 보고서를 제출하겠습니다' 라고 말하는 것이 최선의 방법일 것입니다.

그러나 이것도 상사(상대)의 상황에 따라 바빠서 들을 수 없을 때는 구두로만의 전달은 문제의 원인이 될 수 있습니다. 따라서 구두로 보고할 때는 메모를 전하는 것이 가장 효과적이라고 생각합니다. 이때 '먼저 메모로 전합니다' 라는 말과 함께라면 아무리 형식에 구애받는 상사라도 트집을 잡지 못할 것입니다. 이렇게 해서 100%까지라고는 말할 수 없지만 어느 정도 신속하고 정확한 보고(또는 연락)의 목적은 거의 달성되었다고 봅니다.

메모의 형식에 대해서는 40장을 참조하십시오.

40 보고와 연락의 형식

39장에서 구두로 하는 것과 함께 메모를 활용하는 것에 대해 말했습니다. 메모를 이용할 경우 5W 2H를 잊지 마십시오.

5W 2H란, 'WHO(누가), WHEN(언제), WHERE(어디서), WHAT(무엇을), WHY(왜), HOW TO(어떻게), HOW MUCH(얼마나)' 입니다. 그리고 '수신처, 발신자명, 연월일시, 답신의 필요 · 불필요, 행동의 필요 · 불필요, 보고 · 연락 · 상담의 구분' 등이 필요합니다.

그리고 가능하면 오른쪽 표와 같이 하나의 패턴을 만들어 두는 것이 바람직하다고 봅니다. 이렇게 해 두면 빠뜨리고 기입할 염려도 없고, 일일이 항목을 쓰는 수고도 덜 뿐 아니라 일목요연하게 볼 수 있습니다.

뒤에서 문서에 대해 연구할 때도 다루겠지만, 지루하게 길게 쓰는 것은 금물입니다.

보고 · 연락 · 상담표

ㅇ년 ㅇ월 ㅇ일 ㅇ시

수신처			XX 과장 **귀하**
용건	ㅇㅇ회사 XX씨로부터 전화 왔음 (발신자ㅇㅇㅇ)		
회답	필요 · 불요	행동	필요 · 불필요
기한			오늘중으로
비고	거래처	전화ㅇㅇㅇ-ㅇㅇㅇㅇ 팩스ㅇㅇㅇ-ㅇㅇㅇㅇ	

보고 · 연락 · 상담표

ㅇ년 ㅇ월 ㅇ일 ㅇ시

수신처			XX 과장 **귀하**
용건	ㅇㅇ회사의 물건을 다량으로 인수키로 합의함. (발신자ㅇㅇㅇ)		
회답	필요 · 불요	행동	필요 · 불필요
기한			ㅇ일까지 거래처 방문
비고	거래처	전화ㅇㅇㅇ-ㅇㅇㅇㅇ 팩스ㅇㅇㅇ-ㅇㅇㅇㅇ	

1. 전화를 걸기 전에 용건을 메모한다

전화를 받을 때는 메모를 해도 걸 때는 메모하지 않는 사람이 많다. 걸기 전에 이야기 내용을 머릿속에서 정리하여 요점을 메모해 두면 요령 있게 상대에게 전할 수 있고, 미처 말하지 못하는 일도 방지할 수 있다.

(5W 1H의 법칙 – 이야기를 정리할 때의 요령)

When	언제	⋯⋯	1W
Where	어디서	⋯⋯	2W
Who	누가	⋯⋯	3W
What	무엇을	⋯⋯	4W
Why	왜	⋯⋯	5W
How	어떻게	⋯⋯	1H

2. 전화번호를 확인한다

잘못 거는 전화는 시간과 전화 요금의 낭비!

3. 대리로 걸 때는 우선 사정을 설명한다

업무 사정으로 상사를 대신하여 전화를 걸 경우에는 상대에게 전해야 할 용건을 정확히 파악하여 확인을 한 다음에 전화를 건다. 그리고 대리로 걸고 있는 사정을 정확히 설명한다.

4. 통화 중에 조사 의뢰를 하는 경우나 의뢰받은 경우에는 일단 끊었다가 다시 건다

서로의 통화와 시간이 마음에 걸리지 않고 그만큼 일에 집중할 수 있다.

5. 전화를 끊기 전에 인사하는 것을 잊지 않는다

전화를 끊을 때 인사가 없으면 상대는 아직 이야기가 계속된다고 생각하고 수화기를 귀에 대고 있을는지도 모른다. '실례했습니다', '잘 부탁합니다', '감사합니다' 라는 인사를 잊지 않도록.

6. 상대가 끊고 나서 자신도 끊는 것이 올바른 예의다

보통은 전화를 건 쪽이 먼저 끊기로 되어 있는데, 이 원칙은 친한 사람 또는 양자가 대등한 경우에는 상관없다. 상대가 윗사람이거나 거래처인 경우는 상대가 끊고 나서 자신도 끊는 것이 좋다.

41

회의 등에서 말을 잘 할 수 있는 방법

회의 등에서 발언할 때는 포인트를 분명하게 하고,
예비 조사를 해 두면 도움이 된다.

'일 대 일로 말할 때는 잘하지만 회의 등 많은 사람들 앞에서는 말을 못한다' 는 사람이 적지 않은 것 같습니다. 회의 등에서 하는 발언은 상대방이 회사 간부이거나 거래처 사람인 경우가 대부분이어서 긴장하기 쉽습니다. 그때 너무나 긴장한 나머지 자기가 무슨 말을 했는지 모르거나 부끄러워 얼굴이 붉어지고, 그 이후 회의 시간만 되면 목소리가 잘 나오지 않는다는 비즈니스맨도 있을 정도입니다. 이것은 잠재의식의 작용에 의한 것으로, 한 번 부끄러운 생각이나 힘든 경험을 하게 되면 그것이 잠재의식 속에 투입되어 재삼 비슷한 상황에 처할 경우, '또 실패하는 것이 아닐까?' 하는 불안감이나 기타 다른 증상이 나타나는 것입니다.

가령 목소리도 떨리고 다리도 부들부들 떨리는 증상이 나타납니다. 정도가 심할 때는 전문 의사와 상담하는 것이 좋습니다.

회의에서 발언하는 경우를 예로 들면, 첫 번째 자기가 사회를 맡는 경우입니다. 이때는 비교적 문제가 적을 것입니다. 그러나 주의해야 할 점이 있습니다. 어떻게 하면 자신의 말이 모든 사람들에게 전달될 수 있을까 하는 점과 참석자가 자리를 뜨려고 할 때 궤도를 수정하여 소기의 목적이 달성되도록 방향을 전개할 수 있는 점입니다. 이것만 주의하면 긴장을 했더라도 그 정도로 큰 문제는 생기지 않는 것이 보통입니다.

두 번째로 회사의 간부와 중요한 손님과의 회합에서의 발언입니다. 역시 참석자의 반응을 의식하게 될 것입니다. 앞에서 말한 정신적인 스트레스도 이런 때에 생기기 쉬운 것입니다.

대개의 경우 지나치게 많은 것을 생각하는 것이 화근인 듯합니다. '이렇게 말하면 어떻게 생각할까?' 라든가, '나는 어떻게 평가받을까?' 등 많은 것을 생각하면 정신적으로 부담이 생겨 오히려 말을 잘할 수가 없게 됩니다.(제3부의 '감성을 둔화시키는 12개 조항' 참조) 이러한 것을 막기 위해서는, '이것에 대해서만……' 이라는 포인트가 분명해야 합니다. 게다가 사전에 예비 조사를 해 두는 것도 중요합니다.

42

사람들 앞에서 말을
잘 할 수 있는 방법

청중 속에서 열심히 듣고 있는 사람을 찾아 그 사람에게 말을
거는 듯이 이야기한다. 그렇게 하면 침착하게 말을 할 수 있다.

많은 사람들을 상대로 이야기를 해야 할 경우에도 회의에 준해서
하면 될 것입니다. 즉 사전에 미리 예비 조사를 해 둘 것, '이것만은
알아야겠다' 라는 포인트가 분명할 것, 흥분해서 몸이 굳어졌을 때는
솔직하게 인정할 것 등입니다.

그렇게 하면 긴장했던 몸도 풀어지고 회의장 분위기도 부드러워져
이야기하기가 쉬워집니다. 청중 가운데는 열심히 고개를 끄덕이거나
메모를 하는 사람도 있습니다. 그러한 사람들에게 일 대 일로 이야기
한다는 생각으로 말을 하는 것입니다. 그러나 지나치게 특정의 사람
만을 보면서 이야기 하는 것은 좋지 않으므로, 침착하게 구석에서 열
심히 듣고 있는 사람을 찾아 그 사람에게 말을 거는 것처럼 합니다.
그런 방법으로 이야기를 진행해 나가면 많은 사람들이 민감하게 반
응을 보이는 것을 알 수 있습니다.

원고는 준비하지 않는 편이 좋습니다. 원고에 의존하면 눈을 내리

떠야 하므로 청중 쪽을 볼 수 없게 됩니다. 그렇게 되면 마음이 통할 수가 없습니다. 또한 원고와 청중을 교대로 보게 되면 원고를 어디까지 읽었나 알 수 없어 오히려 혼동되기 쉽습니다. 꼭 말하고 싶은 요점이 있을 때는 메모를 만들어 보면서 이야기를 하십시오. 그러면 자연스럽기도 하고, 이야기할 것을 빠뜨리는 실수도 막을 수 있습니다.

일반적으로 사업상 사람들 앞에서 이야기할 기회는 그렇게 많지 않지만, 만약 많은 사람들 앞에서 이야기를 할 경우에는 회의나 조례朝禮의 연장 정도로 생각하면 될 것입니다. 생각해 보면 5명 앞에서 이야기 하는 것이나 50명 앞에서 이야기하는 것에 그렇게 큰 차이는 없을 것입니다. 가능하면 긴장하지 않는 분위기 속에서 많은 경험을 쌓는 것이 중요합니다. 조례 시간에 주제 없이 자유롭게 이야기를 하는 직장도 있는데, 이런 기회를 꼭 활용해야 합니다.

말을 잘하거나 못하거나, 또는 말하는 것을 좋아하거나 싫어하는 것은 확실히 타고나는 것이지만, 처음부터 말을 못하는 것은 전혀 부끄러운 일이 아닙니다. 그러나 말을 해야 할 때 못하는 것이야말로 부끄러워해야 할 일입니다.

❶ 오늘부터 목소리를 크게 하는 연습을 한다.

❷ 미리 '무엇을 이야기할 것인지' 상대방에게 전달하고 싶은 내용을 종합
해 둔다.

❸ 이야기를 잘하려고만 하지 말고 내용을 정확하게 전달하는 데 주의한다.
즉 포인트를 강조한다.

❹ 청중을 보고 이야기한다.

❺ 떨리면 떨린다고 솔직하게 말해 버린다.

❻ 경험을 많이 쌓는다.

43 상대방에 따라 이야기하는 방법을 바꾸는 것이 좋다

대화를 하면서 상대방의 반응을 관찰하고
상대방의 마음을 움직이게 할 수 있는 말을 찾는다.

이상은 주로 비즈니스맨이 상사에게 보고하는 방법을 중심으로 '어떻게 표현해야 하나?', '어떻게 이야기해야 하나?'에 대해서 연구해 보았습니다. 이제 좀 더 범위를 넓혀 회사 내의 사람들이나 거래처 사람들, 또는 개인적인 교제 등에서는 어떠한 점을 배려해야 하는가에 관해서 몇 가지 얘기할까 합니다.

우선 상대방의 인품입니다. 한마디로 인품은 천차만별입니다. 밝은 사람, 어두운 사람, 붙임성이 있는 사람, 없는 사람, 말수가 적은 사람, 수다스러운 사람, 일을 잘하는 사람, 못하는 사람 등등…… 여러분도 경험해 보셨겠지만, 같은 말을 해도 한 번에 알아듣는 사람이 있는가 하면 한 번에 알아듣지 못하는 사람도 있습니다. 또 똑같은 화제를 제공해도 따라오는 사람과 전혀 그렇지 못한 사람이 있습니다.

따라서 사람을 볼 때, 상대방은 무엇을 중요하게 여기고 있는가,

어떠한 것에 흥미가 있는가를 잘 알아차려서 그 사람에게 맞는 이야기를 하는 것이 필요합니다.

이런 것들은 처음에는 잘 알 수 없으나 이야기를 하는 중에 차츰 알 수 있게 될 것입니다.

말을 걸면 어떤 반응을 보일까에 대해서는, 상대방의 표정, 대답, 반응을 주의 깊게 관찰할 필요가 있습니다. 자주 상대방의 눈을 보고 이야기를 해야 하는 것이 바로 이러한 의미입니다.

지금 말하고 있는 것이 정말로 마음속에서부터 그렇게 생각하고 있는 것인지 아닌지를 상대방의 눈이나 표정에서 알아내어 반응에 따라서 작전을 바꾸지 않으면 안 됩니다.

예를 들면, '예, 알았습니다' 하고 입으로는 말해도 눈으로는 납득할 수 없다는 듯이 반발을 하고 있다는 느낌이 들면 다른 각도에서 한 번 더 이야기를 함으로써 다짐을 받아 둘 필요가 있습니다. 그렇지만 이쪽이 우위인 경우, 지나친 강요가 아닌가에 대해서도 배려를 해야 합니다.

설득에 성공하는 비결

한마디로 다른 사람을 설득시켜야 할 경우에는, 때와 형편(TPO)을
선택하는 것이 필요합니다. 또 복잡하게 얽힌 내용이나 이쪽에 무리
가 가는 경우, 그리고 상대방이 잘 납득하지 않는 경우에는, 상대방
의 상황이 어떤지 정확하게 확인하는 것도 필요할 것입니다.

세일즈맨이 가게 주인이나 소비자에게 물건을 팔기 위해 갈 경우,
상대방이 한창 바쁠 때나 가게가 손님으로 붐빌 때는 이야기가 제대
로 안 될 것입니다. 자기 일로 머리가 꽉 차 정신이 없기 때문에 무엇
을 팔고자 해도 상대방은 귀를 기울일 여유가 없을 것입니다. 거의
문전박대하다시피 할 것이며, 한가한 날에 다시 한 번 방문한다는 생
각에 그쳐야 할 것입니다.

마치 저녁 식사 준비 때문에 한창 바쁜 주부에게 이야기를 들어 줄
것을 부탁하는 것과 같습니다. 그렇기 때문에 이야기를 들어 줄 마음
이나 시간적인 여유가 있을 때 방문하는 것이 좋은 방법이라 할 수

있습니다.

세일즈맨과 손님 사이 뿐 아니라 거래처 관계자에게 상품을 의뢰할 때의 마음가짐 역시 마찬가지로 생각하면 좋을 것입니다. 여기저기서의 문의, 손님, 전화 등으로 바쁜 사람에게 억지로 이야기를 들어줄 것을 부탁해서는 안 됩니다. 또한 정신없이 일하고 있는 사람에게 확답을 기대해서도 안 됩니다. 그것은 결코 좋은 방법이라 할 수 없습니다. 왜냐하면 그런 상황에서 상대방으로부터 승낙 받았다 하더라도, 시간이 흐르면 상대방은 '그런 것을 들은 적이 없다' 라든가, 또는 '모른다' 라고 할 수도 있기 때문입니다.

따라서 상대방의 마음을 사로잡으려면, 즉 설득을 시키려면, 타이밍을 판별하는 일이 매우 중요합니다.

타이밍만 딱 맞으면 말이 다소 어색해도 충분히 승산은 있습니다. 반대로 아무리 말을 잘해도 타이밍이 너무 이르거나 늦어 버리면 잘 될 수 없습니다. 너무 빠른 경우에는 될 때까지 기다리는 것도 성공적으로 설득시키기 위한 비결이라고 할 수 있습니다.

45 글을 잘 쓰는 능력 키우기

글을 잘 쓰는 능력은 비즈니스의 생명선, 글을 못 쓰는
사람이 많은 오늘날 보통의 실력만 갖추어도 '빛난다'.

　'글을 쓰는 능력'은 '말하는 것'과 마찬가지로 자기표현의 중요한
수단입니다. 특히　비즈니스에 있어서 글 쓰는 능력이 없이는 거의
아무 일도 할 수 없다고 해도 과언이 아닙니다. 신제품 개발, 기획,
이벤트, 물품 구입, 일의 개선, 사람의 채용하는 일 등, 무슨 일을 하
더라도 문서로 표현하고 승인을 받아야만 합니다. 그러므로 글 쓰는
능력은 비즈니스에 있어서 거의 생명선이라고 해도 좋습니다.

　비즈니스뿐만 아닙니다. 글을 쓴다는 것은 지구상에 존재하는 생
물 중에서 인간만이 갖고 있는 특기, 특권입니다. 따라서 '글 쓰는 일
은 인간으로서 살아가고 있다는 증거'라는 견해도 있습니다.

　그러나 그 정도로 중요한 능력임에도 불구하고 그것이 잘 안 되는
사람이 참으로 많은 것 같습니다. 말을 잘 못하는 사람보다 더 많은
것은 확실하며, 특히 젊은 사람들에게서 이러한 경향이 두드러지는
것 같습니다.

그것을 텔레비전 탓이라고 하는 사람도 있는데, 나름대로 일리는 있습니다. 텔레비전의 보급으로 정보를 영상으로 받아들이고, 게다가 늘 수동적인 자세로 길들여져 버린 세대가 쓰거나 읽는 것에 약한 것은 당연한 것인지도 모릅니다.

그러나 이것은 다음과 같이 바꿔 말할 수도 있습니다. '쓰는 능력'이 이유가 된다면 '조금만 노력하여 보통의 실력만 갖추어도 그것만으로도 빛이 난다'고 할 수 있습니다.

사무 자동화나 비즈니스의 현대화로 인해 명문名文을 쓴다거나 어려운 표현을 쓸 필요까지는 없을지도 모르지만, 아무리 기술 혁신이 진행되어 세상이 바뀌어도 문서에 의한 비즈니스는 쇠퇴되지 않습니다. 다만 정확하고 신속하게 읽기 쉬운 비즈니스 문서의 필요성이 점점 고도화되어 갈 뿐입니다.

제1조 정보 수집을 정확히 한다.

제2조 생각을 종합 한다.

제3조 원칙에 따라 결론을 미리 쓴다.

제4조 본문은 짧고 간결하게, 단 의미를 알 수 있도록 쓴다.

제5조 자세한 설명이 필요한 경우에는 첨부 서류를 활용한다.

제6조 꼭 읽어 주기를 바라는 부분은 밑줄이나 고딕체를 이용한다.

제7조 도표나 차트를 활용한다.

제8조 색인을 달고 조목별로 쓴다.

글을 잘 쓰면 이로운 점

쓰는 능력은 자신의 이미지를 관리하기 위한 수단부터 혼자서는 불가능한 일을 실행 가능까지, 비즈니스나 일상생활의 유력한 무기가 된다.

글을 잘 쓰기 위해서는 우선 알기 쉽게 쓴 데 중점을 둡니다. 비즈니스 문서는 반드시 처음부처 끝까지 문장 형식을 취할 필요는 없습니다. 차트나 도표, 일러스트, 사진 등을 자유롭게 사용하든가, 아니면 간단한 설명을 곁들이든가, 경우에 따라서는 조항별로 나누거나 선을 이용하거나 하여 아무튼 알아보기 쉽게만 하면 됩니다.

글 쓰는 것을 꺼리는 사람 중에는 '글씨체가 밉기 때문에', 또는 '한자를 잘 모르기 때문에' 라고 말하는 사람도 있습니다. 그러한 사람들에게 있어서 워드 프로세서를 사용하기 위해서는 보다 많은 단어를 알고 있어야만 합니다. 예를 들면, 우리말에서 '상사' 는 한자로 삼짇날上巳, 모양이 서로 비슷함相似, 서로 생각함相思, 회사商社등 여러 가지 뜻이 있습니다. 따라서 앞뒤 관계에 따라 바른 것을 선택해야만 합니다.

흔히 우리는 지나치리만큼 활자체에만 의존하다가 어쩌다 직접 써서 보낸 것을 받아 볼 경우 상대방의 정성이 깃들어 있다는 느낌을 받습니다. 이미 외국의 경우에는 타이프보다도 직접 손으로 쓰는 것이 정성스러운 표현으로 취급받고 있습니다.

그러므로 워드 프로세서에 지나치게 의존하지 말고 때에 따라서는 직접 손으로 쓸 필요도 있습니다. 이것도 자기의 이미지 관리법 중의 한 방법이 될 수 있기 때문입니다.

조금 전에 비즈니스 문서는 그림이나 차트를 사용해도 좋다고 말했지만, 보수적인 회사나 관청에서는 통하지 않을 수도 있습니다. 그럴 때는 직장에 그 동안의 전례나 모델이 남아 있으므로 그대로 하면 됩니다. 한편으로는 귀찮은 것이 비즈니스에 관한 문서이지만 규칙만 잘 지키면 혼자서 하기 어려운 기획이나 일이 종이 한 장으로 실현될 수도 있기 때문에 그 정도의 수고를 귀찮게 여겨서는 안 됩니다. 오히려 고맙게 여겨야 합니다.

표현력을 기르기 위해서는 상대방의 이야기를 듣거나 정보를 수집하거나 해서 사실을 확인하고 생각을 정리하는 등의 '총합력總合力이 필요합니다. 덧붙여서 말한다면, 자기의 생각이나 계획, 사정을 상대방에게 알리고 싶은 정열이 결정적입니다.

그리고 끝까지 설득시키려고 하는 '끈기'도 중요합니다.

PART **05**

인생을 두배로 살아가기 위한 관리

47

1분, 1초를 아끼는 것이 시간 관리

'흐름'과 '타이밍'을 어떻게 하면 잘 잡을 수 있을까?
이것이 시간 관리의 포인트.

우리들 모두에게 똑같이 주어진 것이 있다면 그것은 '시간'입니다. 출생이나 성장, 학력 등으로 불공평한 대접을 받을 수도 있지만 타고난 소질은 변하지 않습니다. 자기의 성을 남자, 또는 여자로 선택할 수도 없습니다. 그러나 시간만큼은 누구에게나 똑같이 하루 24시간 주어집니다. 따라서 우리들은 완전히 평등하게 주어진 시간을 유효하게 활용할 수 있도록 노력해야 합니다.

이러한 사실은 누구나 다 아는 사실이지만, 시간을 어떻게 하면 유효하게 활용할 것인지에 대한 정답은 분명치 않습니다. 단지 분명하게 말할 수 있는 것은, 다른 사람을 설득하고 계획을 수립하는 데 있어 중요한 것은 '시간'이라는 것입니다.

그렇기 때문에 저에게 있어서 시간 관리란 하나하나의 작업이나 일을 효율적으로 하기 위해 시간을 단축하는 것보다는, 흘러가는 시간 속에서 어떻게 하면 시간을 잡을 수 있는가 하는 것입니다.

단지 하늘을 바라보며 '무언가 좋은 일이 생기지나 않을까?' 하고 뜻밖의 행운을 바라서는 안 될 것입니다. 그런 행운도 가끔은 있겠지만, 여러 번 계속될 수는 없습니다. 오히려 그런 기회는 좀처럼 오지 않습니다.

중국의 옛날이야기 가운데, 어떤 농부가 어느 날 우연히 토끼 한 마리가 나무 그루터기에 부딪혀 쓰러져 있는 것을 보고 잡은 이후로 매일 그 나무 그루터기에서 토끼가 오기를 기다렸지만 결국 허탕을 쳤다는 이야기가 있습니다.

이처럼 적절한 타이밍을 포착하는 데는 하루, 이틀의 노력으로는 안 됩니다. 평소부터 부단한 노력이 없이는 안 됩니다.

그렇다면 실제로 어떻게 하면 좋을까? 그것은 바로, 지금 할 수 있는 일, 오늘 할 수 있는 일을 먼저 연장시키지 않는 것입니다.

48

계획에서 벗어나는 경우가 종종 있는 것 같은데……

계획은 장기간에 걸쳐 목표를 크게 아우트라인 정도만 세워 놓고 유연성을 갖게 하는 것이 좋다.

'계획을 세워 놓고 잘 지켜지지 않아 그만두었다' 는 사람을 자주 볼 수 있습니다. 이것은 계획을 세우는 방법이 좋지 않았기 때문입니다.

계획은 장기간에 걸쳐 목표를 크게 아우트라인만 세워 놓아도 좋습니다. 그렇지만 6개월, 3개월, 월간 계획…… 등 기간이 짧은 계획은 치밀하게 세우는 것이 좋고, 5년 계획, 3년 계획, 연간 계획을 세울 때는 변동 요소가 많기 때문에 유연성을 둘 필요가 있습니다.

이상은 일에 관한 계획으로 치밀하게 세우는 사람이 많지만, 개인의 계획이나 목표는 세밀하게 세우지 않는 사람이 많은 것 같습니다. 개인적인 경우, 그저 물거품이 되어 버리는 것은 아무런 의미가 없기 때문에 어느 정도 막연하게 목표를 세우는 것이 좋을 것입니다. 예를 들어 '나는 ○○와 같은 인물이 되고 싶다' 라든가, '이번에는 XX를 마스터하는 것을 목표로 한다' 라는 식입니다.

주간 계획이나 오늘 하루의 계획을 정할 경우에는, '이 수준(레벨)까지 간다' 라는 목표를 세웁니다. 그런 경우 여러 가지 방법이 있겠지만, 저는 목표를 낮게 잡을 것을 권하고 싶습니다. 단, 낮은 목표를 달성한 뒤 뭔가 부족함을 느끼는 사람은 목표를 높게 정해 놓고 어떻게 해서든지 목표 달성을 위해 노력하는 방법을 택하는 것도 괜찮습니다. 판매 부문의 기준(일정량)을 정하는 데 있어 대개의 경우 이러한 방법을 취하고 있는 곳이 많은 것 같습니다.

나의 경우는 이와 반대입니다. 목표를 낮게 세워 놓고 일찌감치 달성한 뒤, 여세를 몰아 플러스알파를 추가하는 것입니다.

이것이 결국 높은 성과를 올릴 수 있는 것이라고 생각합니다.

49

시간을 효과적으로 관리하는 방법

'작전 타임'을 만들어 전체적인 시야에서
우선순위를 생각하고 방도를 생각한다.

그렇다면 어떻게 해야 계획적인 시간 관리가 가능할까? 또한 목표나 예정에 쫓기지 않고 오히려 계획보다 먼저 일을 할 수는 없을까?

그 비결은, 작전 타임을 갖는 것입니다. 즉 하루에 10분, 또는 일주일에 한 시간 정도를 의식적으로라도 반드시 작전 타임으로 확보하는 것입니다. 처음에는 하루에 10분이라도 '오늘은 이렇게 해야 되겠구나' 하고 그날의 '스케줄'을 정해 놓는다는 생각에서 시작하는 것입니다.

물론 매사가 이처럼 실행된다고 볼 수는 없습니다. 도중에 예기치 않은 일이 갑자기 일어날 수도 있습니다. 계획되지 않은 손님이나 전화가 올 수도 있으며, 갑자기 급한 업무가 생기면 스케줄대로 할 수 없다는 것도 생각해야 합니다. 그래서 작전 타임이 필요한 것이며, 작전 타임을 만들어 조정해야 합니다.

긴급 업무가 발생해 스케줄에 차질이 생기면 아무래도 눈앞의 긴급 업무에만 정신이 팔려 그 다음의 일은 엉망이 되어 버리는 경향이 있습니다. 그것을 어느 정도 인정하더라도 결코 그런 식으로 빠져 들어가면 안 됩니다. 작전 타임을 만들어, 전체적으로 규모 있게 계획을 세우고 우선순위를 정한 후 급한 것부터 처리해야 합니다.

이처럼 시간을 조정하면, '이것은 조금만 더 빨리 정리해 두어야겠다', '이것은 조금 까다로우니 전문가에게 물어봐야겠다', '이것은 다음에 한가할 때 해야겠다' 등과 같은 처리 방법이 가능합니다. 그래야만 돌발 상황이 발생하더라도 2, 3일 만에 다시 제자리를 찾을 수 있습니다.

예정 사이클이 하루, 이틀, 열흘, 이 주일, 삼 주일, 한 달 등으로 길어질수록 이 조정 폭은 커집니다. 이것은 열차의 속도에 비유할 때 단거리 열차와 장거리 열차에 해당합니다. 단거리 열차일수록 조정이 어렵고 장거리 열차일수록 조정이 가능합니다.

장거리 열차가 늦어질 기미가 보이면 장거리 구간에서 속력을 내고 평상 속도로 되돌아가는 방법이 있습니다. 바로 그 요령입니다.

50

시간에 쫓기는 일을 부담감 없이 할 수 있는 방법

평소에 눈앞의 일에만 신경 쓰지 말고,
항상 '준비' 하는 마음 자세가 필요하다.

열차와는 달리 사람은 밤새 달릴 수 없듯이, 낮에 못다 한 일을 밤에 할 수는 없습니다. 일시적으로 부득이한 경우도 없지는 않지만, 무리한 야근이나 철야는 피로가 쌓여 몸도 망가뜨리게 되고 일도 엉망이 되어 버려, 오히려 훗날 문제의 원인이 될 우려가 있습니다.

저의 경우 원고를 제 날짜에 맞추기 위해 밤을 새워 본 적이 한 번도 없었습니다. 어떻게 해서 그렇게 할 수 있었을까? 오히려 예정일보다 며칠 또는 몇 주일, 때에 따라서는 한 달씩이나 더 빨리 일을 완성할 수는 없을까? 그에 대한 답은 아래에 있습니다. 이것은 원고를 쓰는 일 뿐만 아니라 어느 일에나 응용을 할 수 있으므로 순서대로 설명을 해 볼까 합니다.

평소에 준비해 둘 것. 이것은 인맥이나 정보, 기획 면에도 도움을 주는데, 평소에 눈앞의 일에만 신경 쓰지 말고 언제 도움이 될지 알 수 없는 부분에까지 관심을 가지고 정보를 수집해 두는 것입니다. 저는 이것을 '정보의 인출'이라고 부릅니다. 여기에 여러 가지의 것을 넣어 두었다가 여차할 때 꺼내 사용하는 것입니다.

　보통은 일이 시작됨과 동시에 행동하게 되는데, 그렇게 하면 시간과 수고가 더 드는 것은 당연합니다. 물론 평소에 모은 재료만으로 처리가 될지 어떨지는 알 수 없지만, 그것만 가지고 적당히 일에 맞춰서도 안 됩니다. 그렇지만 제로에서 시작하는 것보다는 훨씬 빠른 속도로 마칠 수 있습니다.

기한에 쫓기지 않고 예정보다 빨리 끝내는 요령

제1조 평소에 준비해 둘 것.

제2조 단기적인 일은 특히 스타트 대시를 발휘할 것.

제3조 일이 밀리지 않게 할 것(연장하지 말 것).

제4조 하던 일은 끝을 낼 것

제5조 여유가 있다고 생각될 때 전력을 다할 것.

제6조 자신의 실력을 알고 있을 것.

제7조 계획을 세울 때는 여유 시간까지 포함시킬 것.

스타트가 늦는 사람이 기한을 맞추는 방법

51

자신의 실력이나 자질을 알고 의식적으로
조금 빨리 출발하여 박차를 가한다.

반드시 해야 된다는 사실을 알고 있으면서도 아직 여유가 있다고 생각하는 사이, 다음 일에 몰려 언제나 코앞에 닥쳐서야 일을 하는 사람이 우리 주위에는 많습니다. 아니 대다수의 사람이 그렇다고 할 정도입니다. 이런 타입의 사람은 50장에서 말한 제2조를 참고하십시오.

조금 빨리 출발하고 박차를 가한다. 톱 세일즈맨으로 불리는 사람들의 대부분이 이런 타입입니다. 세일즈맨 뿐 아니라 비즈니스맨 중에도 이런 타입이 압도적으로 많은 것 같습니다.

물론 예외적으로 막판에 총력을 기울이는 타입도 있지만 그다지 권하고 싶지는 않습니다. 아무래도 출발이 늦는 사람은 자신의 성격을 잘 알고 있을 것이므로, 의식적으로라도 조금 빨리 출발할 수 있도록 주의를 기울이는 마음이 필요합니다. 하루 중에 아침 일찍, 주중의 전반, 매달 상순에는 특히 박차를 가해 어느 정도의 선까지 올

려놓는 것이 좋습니다. 이것은 제트기가 이륙하는 요령과 같습니다. 즉 처음에 주조(助走준비운동)를 발휘해 맹렬히 엔진 회전수를 높여야만 그때서야 날 수 있습니다. 일단 이륙을 하면 그 다음에는 상승 기류를 타고 순조롭게 상승할 수 있기 때문입니다.

'너무 처음부터 지나치게 날면 숨이 찰 텐데……' 하고 걱정하는 사람도 있겠지만, 그에 대한 대책으로는 50장의 제6조를 보십시오.

즉, 자신의 실력을 알고 있을 것입니다.

이것에 대해서는 다음 장에서 다시 한 번 다루어 보려고 합니다.

일반적으로 '다른 사람보다 한 발 먼저'라는 의식만 있으면 마음의 여유가 생겨 보다 넓은 시야로 사물을 볼 수 있기 때문에 그 다음 일은 순조롭게 전개되는 것이 보통입니다.

출장이나 휴가로 인해 쌓인 업무 처리 방법 52

밀린 일은 먼저 전체를 파악한 뒤에
우선 순의를 정해 놓고 하나하나 순위대로 처리한다.

누구나 출장을 가거나 휴가를 가질 것입니다. 이때 결재를 해야 될 서류가 산더미 같이 쌓여 있는 경우가 많이 있을 것입니다.

출장이나 휴가로 인해 서류가 쌓이는 데는 별 도리가 없지만 최대한 줄이기 위해서는, "월요일부터 목요일까지는 출장(휴가)이므로 급한 용무는 좀 일찍 제출해 주십시오."라고 사전에 관계자에게 말해 둡니다. 또 미리 예상할 수 있을 때는 부하나 비서에게, "A건에 대해서는 이렇게 해 주시오.", "B한테는 이렇게 전해 주시오."와 같이 가능하면 메모 형태로 남겨 두는 것도 도움이 될 수 있습니다. 그래도 부재중에 새로운 안건이 발생하는 것을 고려해야 합니다.

그렇게 쌓인 안건을 처리하기 위해서는, 우선 안건 전체를 대충 한 눈으로 들여다본 후에 긴급도나 중요도에 따라 어느 정도 우선순위를 정하여 지금 곧 처리해야 할 것을 선별합니다. 그리고 나서 조금 복잡한 것, 나중에 처리해도 좋은 것 등으로 구분하여 긴급도가 높은 것부터 해결합니다. 보통 일이 쌓여 있는 순서대로 처리하는 사람이 많은데, 그렇게 하면 많은 시간을 낭비하게 됩니다. 왜냐하면 서류는 반드시 긴급도가 높은 순서대로 쌓여 있지 않기 때문입니다.

아주 복잡하고 까다로운 일에 부딪혀 난감해 하고 있을 때 그 뒤에 긴급을 요하는 일이 기다리고 있다면 이미 때는 늦어 버리게 됩니다.

우선 전체를 본 뒤 우선순위를 고려해 솜씨 좋게 일을 해결하는 것이 시간 관리에 있어서 중요한 한 방법입니다.

노이로제에서 탈출하는 방법

53

재빠르게 의식을 바꾸어 다른 사람의 힘을 빌린다.
그렇게 하려면 '사람을 간파하는 일'이 중요하다.

지금까지 이 글을 읽고 시간 관리를 잘하기 위해서는 그렇게 '신경을 많이 써야 하는 것일까?', '그처럼 신경을 많이 쓰면 노이로제라도 걸리는 것이 아닐까?' 하고 걱정하는 사람도 있을 것입니다.

확실히, 수많은 서류나 걸려오는 손님들의 전화에 당황하지 않고 차근차근 일을 처리한다는 것은 신경을 대단히 많이 쓰는 것입니다. 그리고 보통 능력을 가진 사람이 그렇게까지 신경을 쓸 경우 기진맥진하여 쓰러지지나 않을까 걱정이 되기도 합니다. 그러나 그러한 걱정은 전혀 쓸데없는 것입니다. 그런 일을 하고 있는 본인은 꽤 즐겁게 하고 있는 것입니다.

산더미 같이 쌓인 일을 아무런 요령 없이 고지식하게 처리하다 보면 기진맥진하여 노이로제에 걸리기 쉽지만, 한창 바쁠 때에는 여러 가지 일을 한순간에 판단할 수도 있고 또 생각을 재빠르게 바꿀 수도 있는 것입니다.

50장의 조언 제4조 많은 일을 순서대로 정리할 것을 실행합니다. 워드 프로세서로 동시에 3행을 쓰는 것처럼 이것도 시간을 절약하는 방법의 하나입니다. 이 외에 매우 중요한 것으로 다음의 두 가지를 들 수 있습니다.

다른 사람의 힘을 빌릴 것과 사람을 간파하는 눈을 가질 것입니다. 이러한 것들에 대해서는 뒤에 이야기할 기회가 있겠지만 스케일이 큰 일이나 차원이 높은 일을 하려고 생각했다면 자기 혼자서는 아무래도 불가능할 것입니다. 또한 신뢰할 수 없는 사람, 능력이 부족한 사람에게 중요한 일을 맡겼을 때는 당연히 기대에 어긋날 것입니다.

그렇기 때문에 '사람을 간파할 수 있는 눈을 갖는 것' 이 필요합니다. 아무래도 혼자서 할 수 있는 일에는 한계가 있으므로 어느 정도 신뢰할 수 있는 다른 사람에게 맡기는 것도 필요합니다. 어떤 부분을 맡기고 나면 본인은 꽤 홀가분해질 것입니다. 그렇게 해서 홀가분해진 만큼 더욱 더 넓은 시야와 장기적인 안목으로 선수를 치는 것입니다.

계획을 세우는 데 고려해야 할 것

54

계획은 여유 있게 세운다. 그리고 여유가 있다고 생각할 때 총력을 기울인다. '자신의 실력을 알아 두는 것'도 중요하다.

이상과 같이 여유를 갖기 위해서는 어느 정도 '사람을 알고 맡기는 일'도 중요한 포인트입니다. 거기다 50장에서 밝힌 시간 관리의 조언 제5조 여유가 있다고 생각될 때 더욱 박차를 가할 것, 제6조 자신의 실력을 알고 있을 것, 제7조 계획을 세울 때는 여유 시간까지 포함해서 세울 것 등의 방법이 있습니다. 이 세 가지는 각각 서로 관계가 있으므로, 연관시켜 설명해 보기로 하겠습니다.

제7조 '계획을 세울 때는 여유 시간까지 포함해서 세울 것'에 대해서 이야기할까 합니다. 저는 한때 제조업체에서 IE(industrial engineering : 산업공학)를 공부하고 표준화, 효율화 업무를 담당한 적이 있었습니다. IE 기법으로 표준 작업을 결정하고 표준 시간을 설정하는데, 그때 실제로 작업하는 시간 뿐 아니라 여유 시간까지 포함시키는 것을 배웠습니다. 여유율(표준 시간에 대한 여유 시간의 비율)은 생산 공장(라인)에서는 30%, 정비 공장 등의 경우에는 40%

로 정해져 있는 것입니다. 그 엄격한 IE 기법도 40%의 여유율을 인정하고 있습니다. 우리들의 일은 보통 라인 작업이 아닌 정비 작업에 가깝기 때문에 40%의 여유율이 필요한 것으로 생각해도 좋을 것입니다.

'계획대로 일이 진행되지 않아', '예정대로 일이 잘 안 돼' 라고 한탄하는 사람들 대부분이 여유 시간을 생각하지 않고 계획을 세우는 것 같습니다. 그런 경우 일이 안 되는 것은 당연합니다. 그러므로 앞으로는 반드시 40% 정도의 여유 시간을 예상하여 계획을 세우십시오.

다음에는 제6조 '자신의 실력을 알고 있을 것' 에 관심을 두는 것입니다. 이것은 '자신(의 직장)은 어느 정도까지 버틸 수 있을까? 그러한 무리가 얼마나 계속될까?' 를 평소에 잘 알아보고 계획을 세우는 것이 필요합니다. 자신의 실력을 알지 못하고 무리하게 계획을 세우게 되면 백해 무익하다는 것을 알아야 합니다. 그 이유는, 비상시에는 일시적으로 버틴다 하더라도 오래 지속되지 않기 때문입니다.

여유가 있을 때 박차를 가하라 **55**

처음에 총력을 기울이면 모든 일에 앞서가게 되며,
그럼으로써 더욱 더 일이 흥미로워진다.

계획에 여유 시간을 포함시키라고 말했습니다. 그러면 50장의 조언 제5조 여유가 있다고 생각될 때 더욱 박차를 가할 것. '이것이 모순은 아닐까?' 라고 생각하는 사람도 있을지 모르겠습니다. 제 경험으로 보면 여유를 가지고 계획을 세워 예정보다 빨리 일을 완료하면 그 여세를 몰아 두 배, 또는 그 이상의 일도 가능합니다. 게다가 그것도 즐거워하면서…… 그리고 그렇게 함으로써 앞을 내다보거나 주위를 둘러볼 수도 있고, 다음과 그 다음까지도 선수를 칠 수도 있습니다. 또한 어떤 사태에 대해 취해야 할 방법이 저절로 결정되어지기도 하고, 일이 더욱 더 흥미로워질 것입니다.

지나치게 부지런해서 한가한 시간이 생기면 심심하지는 않을까 하고 걱정하는 사람도 있는데, 그건 쓸데없는 걱정입니다. 왜냐하면 바로 다음 일이 생기기 때문입니다. 물론 일을 하는 것만이 능사는 아닙니다.

때때로 일에 관한 것은 완전히 잊고 편안하게 휴식을 취하는 것도 좋습니다. 그러면 좋은 아이디어도 떠오를 수 있으며, 여러 가지 다른 것도 볼 수가 있습니다.

저는 샐러리맨 시절의 기억 중, 일도 없는데 상사가 퇴근하지 않았다는 이유로 사무실에 남아 있어야 한다는 것이 가장 괴로웠던 기억으로 남아 있습니다. 여하튼 일이라는 것은 자기 혼자서는 할 수 없는 것이기 때문에 언제 다른 사람이 끼어들지 알 수 없습니다. 그러한 때 유연한 태도로 임해 상대방의 손에 놀아나지 않기 위해서는, 여유가 있을 때 더욱 박차를 가해 여유를 많이 가져야 합니다.

그렇게 하면 여유율 40%로 짜인 예정이 실제로는 80%가 되어 갑자기 예기치 않은 일이 일어나도 걱정이 안 됩니다.

이렇게 되면 다른 사람(직장)이, '저 사람(직장)에게 부탁하면 뭔가 해 줄 것'이라는 생각을 가질 수가 있으므로 본인(자기 직장)은 더욱더 바빠질지도 모릅니다. 그럴 때 인색하게 굴지 말고 최선을 다해 줄 수 있다면 얼마나 좋겠습니까?

PART 06

신뢰 할 수 있는
동료를 만들어라

평범한 사람에게도 '인맥'이 필요하다

인맥은 모든 사람에게 중요하다. '신뢰할 수 있는 동료'가 한두 사람만 있어도 그처럼 기쁜 일이 없다.

"최근 인맥이라는 말이 유행하고 있는데, 저 같은 평범한 사람에게도 인맥이 필요한 것일까요?"라는 말이 들립니다. 결론부터 말하면 '어떤 사람에게도 인맥은 중요'하다고 할 수 있는데, 여기에는 단서가 붙습니다. 그것은 '인맥'이라는 단어를 '동료', 즉 '여차할 때 신뢰할 수 있는 동료, 서로 잘 아는 사이(친지)'로 바꿔 말할 수 있는 인간관계로 보는 것입니다.

인맥이라는 말을 보통 금맥과 같이 정치와 연결 지어 생각하고 있는 사람이 많은데, 여기서 말하는 동료란 본질적으로 다르다는 것을 확실히 해 두는 바입니다. 그렇다면 어떻게 다를까요?

소위 인맥은 돈이나 이권 등이 개입된 사람과 사람의 연결로 매우 타산적입니다. 그렇기 때문에 계산이 맞지 않으면 거미 새끼들이 사방으로 흩어지듯 많은 사람들이 그 사람에게서 떠나가 버립니다. 이것에 대해 여기서 다루어야 할 네트워크는 좀 더 깊은 '인간 마음의 고리'를 목표로 삼는 것입니다. 이것은 사람에 따라 이상론이라고 말할 수도 있습니다. 그러나 세상이나 사회, 사람들을 보고 있으면 꼭 그렇지만은 않다는 것을 알 수 있습니다.

인간은 본디부터 '고독한 존재'였음을 알아야 합니다. 그렇기 때문에 동료들끼리 무리를 지어 사는 것이 아닐까요? 그러나 같은 무리를 형성해도 자기의 이해利害를 위해 다른 사람을 이용하려는 계산이 있을 때에는 더욱 고독해진다는 생각이 들지 않습니까? 경기가 좋은 회사나 돈과 권력이 있는 사람에게는 많은 사람이 모이게 마련입니다. 하지만 사람이 아무리 수십 명, 수백 명 모인다 해도 신뢰할 수 있는 사람이 없으면, 오히려 마음은 더 추워질 뿐입니다.

물론 세상에는 그런 인간관계만 있는 것은 아닙니다. 주위를 둘러보면 의외로 '그렇지 않다'라는 생각이 들게 하는 부분도 많이 있습니다. 주위에 신뢰할 수 있는 동료가 한 사람이나 두 사람만 있어도 그처럼 기쁜 일이 없다는 것을 저는 알고 있습니다.

이처럼 이 책에서는 '인맥'의 의미를 '동료'에 두고 있습니다.

57

지위나 돈이 없어도 동료를 가질 수 있다

돈이나 힘이 없는 사람들이 오히려
편안하고 진솔한 마음의 교제를 할 수 있다.

주위를 살펴보면 지위나 돈도 없고 교제도 많지 않기 때문에 인맥과는 거리가 멀다고 생각하는 사람이 많은 것 같습니다. 그러나 신뢰할 수 있는 동료를 갖는 데에는 사회적 지위나 재산은 전혀 관계가 없습니다. 또한 성격이 내성적이고 말을 잘 못한다 해도 관계가 없습니다. 오히려 성결이 외향적이고 말을 잘하는 사람이나 지위가 있는 사람, 또는 돈이 많은 사람들의 주위에는 신뢰할 수 있는 동료들이 그리 많지 않습니다. 실제로 그들 대부분은 늘 마음이 비어 있습니다.

직업상 저는 그런 사람들이 마음을 털어놓고 숨김없이 이야기하는 것을 들을 기회가 많은데, 언젠가 어떤 대기업 사장이 한 말이 기억납니다.

"나는 임금 인상 등의 문제로 단체 교섭에서 노조 대표와 대화를 할 때 사무치는 고독감을 느낄 때가 있습니다. 그것은 마치 '앞문의 늑대', '뒷문의 호랑이' 의 심정이라고나 할까요."

'앞문의 늑대' 는 물론 단체 교섭에서 대결하는 노조의 대표를 뜻하겠지만 '뒷문의 호랑이' 는 무슨 의미인지 몰라, "임원이나 중간관리 직원은 든든한 아군, 동지가 아닙니까?" 하고 묻자, 그 사장은 복잡한 표정으로, "글쎄요…… 내가 사장으로서 단체 교섭에 실패한다거나, 또는 그 외 다른 경영상의 불운이나 실패가 있을 때 과연그 사람들이 나를 커버해 줄 것인가를 생각해 보면 웃음이 나올 수없지요. 그것은 내가 부덕한 탓으로 돌릴 수밖에……" 라고 대답하는것이었습니다.

즉 주위에 있는 회사 간부들은, '혹시 사장에게 무슨 일이 일어나지 않나?' 하고 항상 그 자리를 호시탐탐 노리는 그야말로 문자 그대로 '뒷문의 호랑이' 라고 할 수 있습니다.

또 둘째라면 서러울 대부호의 말.

"내 주변에는 사람이 많이 있습니다. 그러나 열 명 중의 아홉 명이나의 돈이 목적인 것 같습니다. 그래서 나는 사람을 신용할 수 없습니다."

어떻습니까? 모든 사람이 부러워하는 실력자나 부호, 그런 사람은주위에 많은 사람들이 있음으로써 마음이 더욱 고독한 것입니다. 오히려 힘이 없는 사람들이 편안하게 마음의 교제를 할 수가 있는 것입니다.

동료를 만들기 위해 시작할 일

58

> 여러 가지 기회를 접하면서 정보를 모아 두었다가,
> 그 속에서 상대방이 기뻐할 만한 것을 골라 제공한다.

그렇다면 누구에게나 중요한 '동료 만들기'는 어떻게 하면 될까요? 그것은 제7부에서 말하는 '정보'와도 깊은 관계가 있습니다. 귀중한 정보는 동료로부터 전해 듣는 경우가 많으며, 정보를 많이 갖고 있는 사람 쪽으로 사람이 모이기 쉽기 때문입니다. 즉 정보와 인맥(동료)은 상호 의존 관계가 깊다고 할 수 있습니다.

처음에는 누구나 혼자이며, 부모에게 물려받은 재산이 없는 한 돈이 없는 것이 보통입니다. 그런 경우 어떻게 해야 정보를 얻을 수 있으며, 인맥, 즉 신뢰할 수 있는 동료를 만들 수 있을까요?

요즘과 같이 바삐 돌아가는 세상에서는 모든 사람이 성심성의껏 열심히 노력하는 수밖에 없습니다. 젊다는 것도 확실히 재산이 될 수 있으므로, 주어진 환경 속에서 어쨌든 노력하는 것이 제일일 것입니다.

그렇지만 노력만 가지고는 충분치 못합니다. 제3부에서 연구했던 것처럼 여러 가지의 것에 관심을 가지고, '여기는 이렇게 했더라면……' 이라든가, '여기서 좀 더 정확하게(빨리, 즐겁게) 할 수 있는 방법은……' 하는 식으로 문제의식을 갖는 일입니다. 또는 여러 가지 기회를 접해 정보를 수집하는 것입니다. 그리고 정보의 인출을 늘리는 데 항상 마음을 써야 합니다.(49장 참조)

한편 동료로 만들고 싶을 때에는 개인적으로 잘 아는 사람도 좋겠지만, '이 사람은?' 하고 생각이 드는 사람에게 정보를 주는 것입니다.

그러므로 '어떠한 사람이 어떤 정보를 원하고 있을까?' 하는 것을 미리 알아 둘 필요가 있습니다. 그것을 알 수 없을 때는 '당신 자신이 원하는 정보, 제공받고 싶은 서비스는 무엇일까?' 를 생각해 그것을 상대방에게 제공하는 것입니다.

예를 들면, 상품에 대한 정보나 세금에 관한 유리한 정보, 인간관계, 특히 부하를 지도하는 노하우, 고민거리의 상담, 스포츠나 레저에 관한 정보 등을 자기의 예측과 함께 즐거운 마음으로 제공하는 것입니다.

진실한 동료를 이렇게 사귀어라 59

사람을 간파하는 눈을 길러 정보를
주는 과정에서 상대방의 본성을 파악한다.

'정보를 준다는 것이 노력과 시간만 소비할 뿐 자신에게는 전혀 도움이 안 될 것'이라고 생각하는 사람도 있을 것입니다. 그리고 '정보는 주는 것이 아니라 받는 것'으로만 생각할지도 모릅니다.

당연한 의문일 것이라고 생각하지만, '무언가 들어 볼만한 정보가 없을까?' 하고 정보 수집을 위해 찾아다니는 사람은 거의 없습니다. 만약 당신한테 어떤 정보를 달라고 재촉해 오는 사람이 있다면 그 사람에게 정보를 주시겠습니까? 아마 주지 않을 것입니다. 오히려 귀찮게 여기지 않겠습니까?

그렇기 때문에 친구를 얻고 싶을 때에는 우선 성심성의껏 교제를 하고, 가능하면 그 사람이 기뻐할 수 있는 주제나 정보를 제공해 주는 것입니다.

그러나 주기만 하고 받는 것이 아무것도 없는, 이러한 일방적인 교제는 오랫동안 지속될 수 없는 것이 당연하겠지요. 이 문제를 어떻게 하면 될까요?

앞에서 말했던 것을 활용해 보면, 사람을 간파하는 것입니다.

그러나 '사람을 간파하는 것' 도 처음부터 할 수는 없습니다. 다른 사람을 항상 경계하고 의심하면 친구가 될 수 없습니다. 그래서 처음에는 '자연인으로서' 마음을 열고 할 수 있는 한 최대한 해 주는 것이 좋습니다.

'요즘 같이 살아가기 힘든 세상에 남에게 잘하면 이용만 당하고, 필요 없게 되면 버림당하는 것' 은 예삿일이 아닙니다. 확실한 것은, '사람이 좋다' 는 것만 가지고는 이 세상을 살아갈 수 없다는 것입니다.

이제 제3부에서 연구했던 '감성' 의 차례인 것 같습니다. 자연인으로서 사람들과 교제를 하려면 상대방도 자연인이 되어 본성을 나타내야 합니다. 이쪽이 공격 자세이면 역시 상대방도 공격 자세를 취해 본성이 드러나지 않습니다.

감성을 기르는 것이 바로 그런 것입니다.

신뢰할 수 있는
동료를 만드는 방법

우선 자신이 '매력적인 인물'이 된다. 성장하려는
의욕을 갖고 있으면 반드시 누군가의 눈에 띌 것이다.

우리들이 원하는 것은 돈이 목표가 되는 인맥이 아니라 오히려 그 반대인 어려울 때 힘이 되어 줄 진정한 친구입니다. 사람과 사람의 교제란 이쪽에서 이정도 해 주었으므로 이번에는 저쪽으로부터 무엇인가 받아야 한다는 식이 되어서는 안 됩니다. 그러한 것을 기대하고 교제를 하면 곧 배반당하는 기분이 들 것입니다. 교제를 하다 보면 전혀 생각지도 않은 때에 생각지도 않은 사람의 도움을 받을 수도 있습니다. 그렇기 때문에 어느 누구와의 교제에서나 항상 진실 된 마음을 가지고 있어야 합니다.

세상의 모든 것이 계산이나 이치대로 되어가지는 않습니다. 그래서 재미있는 것이 아닐까요? 모든 것이 이치대로 된다면 이렇게 재미가 있지는 않을 것입니다. 그렇다고 해서 매사가 전부 그렇지는 않습니다. 의외로 잘 풀리는 면도 있습니다.

예를 들어 당신이 직장에서 상사의 총애를 받는다고 합시다. 그런 때 상사로부터 호되게 꾸중을 듣게 되었다면 아무도 당신을 도와주지 않을 것입니다. 왜냐하면 상사에게 특별한 대우를 받고 있는 당신의 이미지가 이미 다른 사람들에게 박혀 버렸기 때문입니다. 그러한 당신에게는 매력이 없겠지요.

그러나 그러한 혜택을 받고 있지 않을 경우, 당신이 상사에게 꾸중을 들었을 때에는 속상해 하지 말고 당신 나름대로 열심히 일을 하십시오. 그러면 부서 상사나 선배가 당신의 일하는 모습을 말없이 지켜볼 것입니다. 어쩌면 회사 밖의 사람이 보살펴 줄지도 모릅니다. 저는 실제로 이렇게 해서 스카우트된 인재를 알고 있습니다. 모두가 이렇다고는 할 수 없지만, 특별한 사람은 특별한 형태로 결실을 맺을 것입니다.

어찌 되었든 어떤 경우에도 꾸중 들을 일은 하지 마십시오. 당신의 매력이 그만큼 반감될 수 있으니까요. 즉 좋은 동료를 갖고 싶으면 당신 자신이 '매력적인 인물'이 되어 보는 것은 어떨까요? 매력적인 인물이 되기 위해서는 어떻게 하면 될까요? 우선 가장 먼저 떠올릴 수 있는 것은 이 책의 주 테마인 자기계발을 하는 것입니다. 그리고 그 전에 '성장하려는 의욕'을 갖는 것입니다. 그러한 사람은 반짝반짝 빛나 보일 것입니다.

동료와의 접점 찾기 61

다른 사람과의 교제는 꼭 필요하다. 자신의 장단점을 잘 파악한 다음,
상대방에게 이바지하는 동시에 부족한 것은 동료의 도움을 받는다.

　이렇게 해서 당신 자신이 성장하려는 마음을 먹었으면 목표가 같
은 동료를 찾는 것입니다. 즉 이것이 '동지'라고 할 수 있습니다. 그
러나 신뢰할 수 있는 동료, 즉 인맥은 반드시 자신과 같은 종류의 사
람일 필요는 없습니다. 오히려 자신과는 전혀 다른 '이질의 사람'과
교재를 해야 할 것입니다. 제3부의 '감성을 키우는 10개 조항'을 기
억해 주십시오. 그 안에 제5조 '자기와 입장이 다른 사람의 존재를
알고 인정한다'가 있었습니다.

　자신과 아주 똑같은 사람은 이 세상에 없기 때문에 자기와 다른 사
람을 모두 싫어하게 되면 교제할 사람은 전혀 없게 되어 버립니다.
나와 같은 사람은 나밖에 없다는 생각은 누구나가 다 갖는 마음입니
다. 그렇기 때문에 세상에는 둘도 없는 존재들끼리 서로 귀중하게
합쳐지는 데서부터 파트너십이나 팀워크가 길러지게 되는 것입니
다. 이러한 것을 알고 합쳐지는 사람만이 참된 동료라고 말할 수 있

습니다.

그 스타트 라인인 '자신을 아는 일' 이라고 생각합니다. 자신의 장단점을 잘 알고 부족한 것은 동료에게서 도움을 받으려고 하는 마음이 가장 중요합니다. 그렇다고 무조건 동료에게 의지하려는 것도 안됩니다. 그러한 관계는 일시적인 것이므로 틀림없이 오래 지속될 수 없습니다. 무언가 자신이 먼저 도와 줄 수 있는 것을 한두 가지 가지고 이해타산 없이 베풀면 상대방의 본성이 드러날 것입니다.

이와 같이 인간관계는 매우 친한 친구에서부터 만나면 가벼운 인사 정도나 하는 사이까지, 그 범위가 넓기 때문에 자연스럽게 교제방법이 결정지어질 것입니다. 특히 교제가 많은 사람의 경우에는 가끔 명함 등을 정리하여 그 사람의 주소나 근무처, 가족의 동정 등 최신정보를 통해, '이 사람은 이 분야의 전문가', '이 사람은 이런 지식이 풍부하다', '저 사람은 이런 특징이 있다' 라는 식으로 재고 조사를 해 두면 좋을 것입니다.

이것이 동료(인맥)의 인출입니다.

관계를 유지하려면 이렇게 하라

62

용무가 있을 때나 무언가 부탁할 때뿐만 아니라, 그 이외의 다른 때에도
가끔 해피콜을 이용해 '건강하십니까?' 등의 인사를 할 필요가 있다.

여러 사람과의 교제를 통해 어려울 때 힘이 되어 줄 친구를 한두 사람 정도 만드는 것이 좋습니다. 왜냐하면 그러한 것을 많은 사람에게 기대하는 것이 오히려 무리이기 때문입니다. 물론 교제 정도에 따라서는, '이 사람은 이 정도는 도와 줄 것이다.', '저 사람에게서는 전문적인 지식을 제공받을 수 있다' 하는 정도는 알 수 있습니다.

그렇지만 그것도 이쪽의 용무에 의해서만 이루어지면 상대방은, '저 사람은 자기가 필요할 때만 일을 부탁해 오는구나' 하는 생각이 들게 되어 서로 서먹서먹해질 수 있습니다. 그러므로 '상대방에게도 메리트(merit)를 만들어 주어야 한다는 마음을 가지고' 쌍방의 이익을 생각해야 합니다. 그 전에, '용무가 없을 때도 만난다', 즉 해피콜(happy call)을 항상 명심해야 합니다. 무엇보다 이것도 상대방에 의해, 또한 TPO에 의해 오히려 상대방에게 방해가 될 수도 있으므로 충분한 배려가 필요합니다.

때때로 걱정이 될 때는 전화로 용건을 마치는 것도 좋을 것입니다. 또한 때에 맞춰 엽서로 계절 인사를 하는 것도 좋은 방법입니다. 다른 일은 제쳐놓고라도 새해가 되면 연하장을 보내는 것도 하나의 방법이라고 생각합니다. 이런 때는 다른 사람들도 엽서를 보내기 때문에 이쪽을 어필하는 수단으로는 부족하다는 의견도 있을 수 있으나, 그것은 사고방식의 차이입니다.

이와 같은 해피콜을 할 때 기본적으로 잊어서는 안 될 것이 있습니다. 이쪽의 근황을 알려주는 것도 필요하지만 반드시, "어떻게 지내십니까?", 또는 "안녕하십니까?"와 같은 인사말을 해야 한다는 것입니다. 이것은 단순한 인사치레가 아니라 상대방에 대한 이쪽의 배려를 전하는 아주 중요한 역할을 하기 때문입니다.

이와 같은 것이 우정이나 상호 신뢰 관계의 기초가 됩니다. 이쪽 사정만 좋다면 상대방은 생각하지도 않는 것이 최근 사회의 경향인 것 같은데 생각해 보면 이것은 매우 쓸쓸한 일이고, 결국은 자신을 위해서도 좋지 않다고 생각합니다.

다른 동료를
만날 수 있는 기회 만들기

63

다른 종류의 모임에 참가해 볼 것. 만약 적합한 모임이
없을 때는 뜻이 맞는 사람들끼리 '새로운 모임'을 만들어 본다.

여기 '만남'의 기회를 만드는 방법에서 교우의 깊이까지를 정리해
두었습니다. 그런데 '만남의 기회'라고 했지만, 그것에는 일 때문에
맺어지는 교제나 업계의 모임 등도 있을 것입니다. 이들 집단이 아무
래도 동질의 사람, 한정되어진 사람들의 모임이란 것을 부정할 수는
없습니다.

따라서 의식적으로 이질적인 사람과의 교제를 권한다면 이른바
'이업종 교류異業種交流의 모임'이란 것이 있습니다. 그런데 어떤 모
임에 참가해야 좋을지 잘 모를 것입니다.

사견이지만, 단지 저명한 강사의 이야기를 듣는 정도의 모임은 그
다지 권하고 싶지 않습니다. 회원 서로가 말을 주고받거나 정보를 교
환할 수 있는 모임이 바람직한데, 그런 모임이 어떤가는 참가해 보지
않으면 잘 알 수 없기 때문에 몇 군데 참가해 보고 자기에게 맞는 것
을 선택하면 좋으리라고 생각합니다.

바람직한 모임을 찾지 못했을 때는 뜻이 맞는 사람들끼리 '새로운 모임을 만드는 것'이 좋습니다. 직장이나 직업상의 교제 속에서 여러 가지 다양한 사람들로 구성하여 공부하는 모임을 만들 것을 권하고 싶습니다.

처음에는 자기들의 업계나 직장의 소개로 시작해 각각의 멤버가 손님이나 새로운 회원을 소개하는 형태를 취하면 금방 많은 회원을 갖출 수가 있고, 회원들끼리 서로 정보를 교환할 수 있게 됩니다.

제1조 어쨌든 사람이 모이는 장소에 얼굴을 자주 내민다.

제2조 모임이 아니더라도 어딘가에 가면 노력해서 '대화'의 기회를 갖도록 한다.

제3조 사람과 만났을 때는 명함을 받는다.

제4조 명함을 받았으면 그 사람의 명함을 기억하도록 한다.

제5조 명함 뿐 아니라 '특성'이나 '특기' 등을 정리해 둔다.

제6조 서로 알게 되었다고 금방 이용하려고 하지 말고, 기회가 닿을 때 생각이 날

수 있도록 메모해 둔다.

제7조 사람이나 회사를 소개할 때는 양쪽의 성격이나 체질 등을 충분히 고려한 후

에 소개한다.

제8조 몇 사람부터 시작하는 새로운 모임을 만든다.

제9조 멤버들 서로 각각의 업계, 직장 소개를 통해 정보를 교환한다.

제10조 멤버들 각자가 손님이나 신입 회원을 끌어들인다. 그러면 곧 많은 회원의

모임으로 성장할 수 있다.

PART 07

정보를
어떻게 모아서
어떻게 활용할까?

정보는 어떻게? 64

공개된 정보를 아는 것만으로는 가치가 없다. 자기 자신의 발, 귀,
눈으로 정보를 수집하고, 정보원이 될 동료를 만들어 그 정보를 제공한다.

 말할 필요도 없겠지만, 오늘날은 '정보화 시대'라고 할 만큼 '정
보' 없이는 아무것도 생각할 수 없을 정도입니다. 일의 계획도 세울
수 없고, 개인 생활에서도 정보가 적은 사람은 인간적인 매력도 별로
이며, 동료도 늘어나지 않을 것입니다. 그래서 '어떤 정보를 어떻게
모을까?'라는 문제가 많은 독자들에게 보다 큰 관심사라고 생각합니
다. 이렇게 말하는 것은, 정보를 모은다고 해도 요즘처럼 정보가 범
람해 있으면 '무엇인가를 알고 있다'는 것이 그만큼 가치가 있는 것
인지조차 알 수 없는 경우가 있기 때문입니다.

 예를 들어 환어음 시장이나 주가의 동향을 모르면 창피를 당할지
도 모르지만, 알고 있기 때문에 그만큼 이점이 된다고 볼 수도 없습
니다. 그 이유는 모두가 알고 있기 때문입니다. 가끔 뭔가 핫뉴스를
손님에게 제공해도, "아, 그 뉴스라면 알고 있어요."라고 하면 그 뿐
입니다. 그렇기 때문에 매스컴 정보를 비롯한 '공개된 정보'는 알고

있어도 그 뿐, 거의 가치는 없습니다.

귀중한 정보나 극비 정보는 살짝 누군가로부터 전해들을 수밖에 없습니다. 그러려면 신뢰할 수 있는 동료가 있어야 정보원으로서 도움이 될 것입니다. 그런데 그처럼 귀중한 정보를 살짝 알려 줄 사람이 그렇게 아무데나 있는 것은 아닙니다. 제6부에서 연구했던 것처럼 우선 이쪽에서 귀중한 정보를 제공해 그런 동료를 만들어 나가야만 합니다. 정보는 묵묵히 모여지는 것이 아닙니다. 적극적으로 움직이거나 조사하고 정리하는 것이 필요합니다. 이 가운데 가장 중요한 것은, 자신의 발과 귀와 눈으로 모을 수 있는 정보입니다.

출·퇴근 시간이나 점심시간, 또는 거래처를 방문했을 때, 자사나 거래처의 공장·현장에 갔을 때 등 기회가 있을 때마다 눈에 비쳤던 것, 만났던 사람과의 대화 속에서 인상에 남았던 것을 메모하는 것이 기본이 됩니다.

정보 수집의 시작은 '보는 것(watching)과 메모' 라고 할 수 있습니다.

정보 수집은 어디서? I

65

지극히 평범한 현상이나
이야기에서 정보나 아이디어를 찾는다.

다른 업종의 교류를 위한 모임도 정보 수집에 도움이 되겠지만, 무엇보다 중요한 것은 모임에 기대서는 안 된다는 것입니다. 그것보다는 앞으로 자기가 속하게 될 조직이나 회사 이외의 사람들에게 관심을 갖는 일, 공급자로서의 입장, 즉 일을 떠나 '소비자로서의 입장'에서 여러 가지 사물을 보거나 이야기를 듣는 습관을 몸에 배게 하는 일이 중요합니다.(제3부 참조)

무엇을 보고 무엇을 듣는가는 본인의 감성 문제입니다. 즉 '보는 방법', '듣는 방법'이 문제인 것입니다. 특별한 정보나 변해 버린 현상을 찾을 것이 아니라, '지극히 평범한 일상적인 현상이나 이야기 등에서 신선한 기분을 갖고 접하는 것'입니다.

예를 들면, 여성들의 견해나 사고에 접해야 될 경우, 굳이 앙케트 용지를 돌린다거나 인터뷰하는 방법 말고도 '부인, 여동생, 이웃 주부들과의 대화'나 '직장에서 파트타임으로 일하고 있는 여직원과의

직장인들을 위한 **자기계발** 100가지 방법 **165**

평범한 대화' 속에서 깨닫지 못했던 것을 발견하는 태도가 필요한 것입니다. 이 정도의 방법으로도 '여성을 대상으로 하는 상품 판매 전략' 대책이나 '여성 대책의 신제품 개발' 의 중대한 힌트를 얻을 수 있습니다.

또는 특별하게 대화를 하지 않아도 '휴일에 백화점이나 슈퍼마켓, 소매점 등을 윈도쇼핑 하는 것' 도 좋습니다. 어느 기업에서 판매 부진을 타파하기 위해 '자사의 기술이 어떤 곳에 응용될 수 있을까?' 에 대해 정보 수집을 하기로 했는데, 어디로 가야 좋을지 몰라 기술자들이 곤란해 하고 있었습니다. 마침 제가, "백화점이나 슈퍼마켓, 소매점으로 가십시오." 라고 조언을 해 주었습니다. 그 결과, 이 회사의 기술자들은 책(업계지, 전문지 등)에서는 다루지 못했던 정보와 힌트를 윈도쇼핑을 통해 입수할 수 있었습니다.

이처럼 지극히 가까운 곳에 정보나 힌트가 의외로 많습니다. 평소 잘 알지 못했던 것은 메모하고 정리해 두십시오.

지하철의 광고에서도 그 시대의 감각을
기를 수 있는 정보를 수집할 수 있다.

차내車內광고로 시대감각을 기르는 것도 가능합니다. 출퇴근 때나 거래처에 가려고 지하철을 탔을 때 차내 광고를 보면 주간지나 월간지 광고가 눈에 띌 것입니다.

우선 일반 주간지는 최근 정치, 경제, 사회, 예능, 스포츠 등의 화젯거리를 다루는 것이 보통입니다. 내용을 읽지 않아도 어떤 것이 화제가 되고 있고, 또 사람들과 대화할 때 창피하지 않을 상식 정도는 차내에 붙어 있는 광고에서 충분히 얻을 수 있을 것입니다.

독자층이 좁은 경제 잡지는 재계, 실업계의 경영 톱뉴스를 화제로 취급하고 있습니다. 예를 들면, 무슨 회사와 무슨 회사가 합병했다든가, 어느 회사의 새 사장에는 누가 되었다라는 것 등입니다. 이런 것도 알고 있으면 손해는 되지 않습니다.

과장·부장급이나 젊은 비즈니스맨을 겨냥한 잡지에서는 시간 활용법이나 정보 수집법, 역사상 인물의 화제 등 독자층이 관심을 소홀히 할 것 같은 기사를 다루고 있습니다.

여성지도 계속해서 출판되고 있습니다. 종래에 있던 20대 여성 전반을 대상으로 한 것에서부터 지적 커리어 우먼을 겨냥한 것, 개성을 내세우려는 것 등 여성지의 개성화가 눈에 띕니다. 어떤 잡지가 어떤 이름을 내걸고, 어떤 특집으로, 어떤 독자층을 노려, 무엇을 호소하고 있는가? 이것만으로도 흥미는 최고입니다.

이와 동시에 현대 여성의 관심의 초점을 파악하는 것도 모든 상품의 마케팅에 실마리가 된다는 사실을 잊어서는 안 됩니다. 여성 관련 용품의 비즈니스맨은 물론, 직접적으로 관계가 없는 업종의 사람들도 모든 물건을 사용하는 사람의 뒤에는 반드시 여성이 존재한다는 사실을 잊어서는 안 됩니다. 따라서 차내의 여성 잡지 광고를 주의 깊게 연구하는 것은 그만큼 유익한 정보 수집과 관계가 있는 것입니다.

차내 광고는 잡지뿐만이 아닙니다. 전기 제품, 컴퓨터, OA기기에서 연회장, 결혼식장, 부동산에 이르기까지, 그야말로 신제품, 신기획의 대행진입니다. 각종 기획이나 캠페인, 전략, 전술의 힌트가 되는 것을 이러한 것들 속에서 충분히 찾을 수 있을 것입니다.

지하철 내의 광고에서도 이렇게 많은 정보를 수집할 수 있습니다.

정보 수집은 어디서? III

광고 뿐 아니라 지하철이나 버스에 탄 승객들에게서도
그 시대의 흐름에 대한 살아 있는 정보를 얻을 수 있다.

게다가 지하철과 역 내부에 붙어 있는 광고물이나 포스터를 보면
'국어 공부'에도 많은 도움이 됩니다. 짧은 단어 속에 자신이 말하고
싶은 것을 정확히, 그것도 요점을 날카롭게 표현한 것들이 집중되어
있기 때문입니다.

광고에는 올바른 표현을 쓰므로 평소에 잘 몰랐던 숙어나 한자 등
을 공부하기도 좋고, 책과는 달리 활자가 커서 기억하기도 쉬울 것입
니다. 그러나 그 중에는 틀리게 사용되었거나 새로운 유행어 등도 있
으니, 주의할 필요가 있습니다. 잘 모르겠거나 이상하게 생각되면 사
무실이나 집에 돌아와 사전을 찾아보는 것도 재미있을 것입니다. 특
히 국어에 자신이 있는 사람은 광고문의 오자나 탈자를 찾으며 즐기
는 것도 다른 의미에서 공부가 될 수 있습니다.

지하철 안에서 자기계발의 도움이 되는 것은 인쇄 광고물뿐만이
아닙니다. '승객들의 복장'은 어떤 패션쇼보다도 시대의 흐름을 아

는 데 도움이 됩니다. 예를 들면, 한때 긴 머리가 유행을 해 많은 젊은 여자들이 너도 나도 긴 머리를 했던 적이 있었습니다. 그러나 요즘은 반드시 그렇지는 않습니다. 한마디로 말해서 '다변화 · 다양화' 됐다고 볼 수 있습니다. 치마의 길이나 남자의 넥타이, 코트 등도 미묘하게 변화하고 있습니다.

여성의 핸드백의 경우, 한때는 유명한 브랜드(가짜도 많았지만) 일색이었지만 요즘은 다양화된 경향이 있습니다. 또한 예전에는 학생들이 스테레오 카세트를 주머니에 넣고 다니면서 이어폰을 귀에 꽂고 새로운 스타일의 음악을 듣는 광경을 자주 볼 수 있었는데, 요즘에는 부쩍 줄어든 것 같습니다.

이처럼 차 안에 있는 승객들의 옷차림이나 부착물을 주의해서 관찰해 보는 것도 매우 즐거운 일이며, 시대의 유행을 피부로 느낄 수가 있습니다. 샤프한 시대감각을 몸에 익히는 것이야말로 비즈니스맨에게 꼭 필요한 일이라 할 수 있습니다.

널리 알려진 매스컴 정보라도 연재 기사를 일괄하여
주제별로 수집·분류·정리하면 가치가 두 배로 늘어난다.

이상과 같이 모임에 참가하여 보고 대화를 함으로써 가능한 '살아 있는 정보'와, '아, 과연 그런 것도 있구나', '이 정보의 이면에는 그런 의미도 있었구나' 등의 정보를 선별하는 안목도 길러집니다. 그것을 직접 일에 활용할 수도 있고, 그렇게 해서 선별한 '특별한 정보'를 가지고 있는 사람과도 만날 수 있습니다. 좋은 정보를 제공할 수 있으면 새로운 인맥도 만들어지게 됩니다.

자신의 발과 눈과 귀로 정보를 수집하기 곤란한 경우에는 공개된 매스컴 정보로도 꽤 많은 성과를 기대할 수 있습니다. 단, 앞에서 말했던 것처럼 매스컴 정보는 대개의 사람이 알고 있기 때문에 스크랩을 하지 않으면 거의 효과가 없습니다.

매스컴 정보는 각 정보별로 스크랩을 해 두어야만 살아 있는 것이 됩니다.

예를 들면, 경제 신문이나 업계 신문에는 연재 기사가 게재되어 있습니다. 하나하나의 기사는 모두가 대충 훑어볼 수 있으므로 그것만 으로는 그다지 가치가 없습니다. 그렇지만 이후에 '저 신문에는 분 명히 이런 기사가 실려 있었다'라는 기억으로 누구나 다시 찾을 수 있습니다. 그런 때를 대비해 이 연재 기사를 스크랩북으로 만들어 두 면 매우 귀중한 보물이 될 것입니다.

또는 신문이나 잡지의 기사를 업계별, 주제별로 보관해 두면 많은 도움이 될 것입니다. 현재 모 광고 회사에는 스크랩 전임 담당자가 있어 영업 사원이 거래처와 상담할 때 크게 활용하고 있습니다. 예를 들면, 화학 섬유, 의류, 스포츠 용품 등으로 기사를 분류해 스크랩을 해 두었으면 화학 섬유 회사나 기타 다른 회사의 이야기를 할 경우 그 스크랩에 의해 미리 정보를 알 수가 있습니다. 또 한 예로, 남녀고 용평등법이나 근로기준법의 개정에 관한 기사를 모두 모아 둡니다. 그러면 인사 노무 담당자와 만날 기회가 있을 경우에 매우 편리합니 다. 실제로 인사 노무 관계만의 기사를 모아 정기적으로 알려 주는 것을 하나의 사업으로 하고 있는 서비스 회사도 있습니다.

또한 기사 뿐 아니라 광고물이나 명함도 모아서 정리해 두면 많은 활용을 할 수 있을 것입니다.

69

'숫자'에 약한 경우, 이런 공부를 하라

회계의 상식은 비즈니스의 상식. 참고 서적이나 회계를 맡고 있는 사람에게 적극적으로 배운다.

비즈니스에서 필요한 '숫자'라고 하면 떠오르는 것이 재무제표나 생산·판매의 실적, 원가 등 여러 가지가 있지만, 기본적으로 알아 두어야 할 것은 재무제표의 숫자일 것입니다.

'나는 영업(기술)직이기 때문에 회계는 몰라도 된다'라는 식의 생각은 옳지 않습니다. 첫째, 주식회사는 예산으로 시작해서 결산으로 끝이 납니다. 일정 기간에 걸친 기업 활동의 성과를 숫자로 종합한 것이 손익 계산서, 회사의 재산 상태(자산, 부채, 이익)를 표시한 것이 대차대조표이며, 여기에 자금 운용표를 합친 것이 재무제표입니다. 재무제표를 보는 방법도 모르고 회사를 경영한다는 것은 해도海圖없이 항해를 하는 것과 같이 매우 위험한 것입니다. 지금 당신이 경영에 직접 관여하고 있는지 아닌지는 모르겠지만, 현재 직장 생활을 하고 있더라도 결코 경영과 무관하지 않다는 것을 알아야 할 것입니다. 그것은 장래 어떠한 형태로든 경영에 참여할 가능성이 크기 때문입니다.

따라서 ⓐ매상, ⓑ원가 · 매입 · 경비 · 일반관리비 등의 숫자에 관심을 갖고, ⓐ − ⓑ = ⓒ이익(손실)의 형태로 손익의 결과를 나타낸 것이 손익계산서임을 우선 이해해야 할 것입니다. 가능하면 자기 회사의 손익 계산서를 보아 두는 것도 좋을 것입니다. 회사에 따라서는 비공개인 경우도 있지만 상장 회사일 경우에는 결산기 때 경제 신문 등에 공개되므로, 이러한 숫자에 '관심을 갖는 일' 이 우선일 것입니다.

서점이나 도서관에 가면 회계 업무를 쉽게 해설한 참고서를 찾아볼 수 있습니다. 그 중에는 일러스트나 그림을 곁들여 재미있게 해설이 된 것도 있습니다. 또한 입문 강좌를 수강하면 책만으로는 이해하기 어려웠던 면도 쉽게 이해가 될 수 있습니다. 회사에는 회계 직원이 반드시 있으므로 그 사람들에게 질문하는 방법도 좋을 것이며, 만약 자기 회사 사람들에게 묻기 곤란할 경우에는 교류를 위한 모임에서 알게 된 동료에게 부탁해 보는 것도 좋은 방법입니다.

70

숫자에 약하면
이런 점에서 곤란하다

비즈니스도 가정도 건전한 회계(가계)가 기본.
원가 의식을 갖고 있지 않으면 곧 구멍이 난다.

이 외에 회사와 관계있는 중요한 숫자로는 '자금 유동성'이나 '원가', '재고' 등이 있습니다.

자금 유동성은, 예를 들어 상품을 납품하고 어음으로 대금을 받는 것입니다. 혹은 반대로 상품을 구입하고 대금을 어음으로 지불하는 것입니다. 지불한 어음 기한이 되었을 때 어떠한 사정으로 인해 결제되지 못할 경우, 이른 바 '부도'가 나는 것입니다. 이것이 보통 '계산상으로는 맞는데 현금이 부족하다'는 것으로, 이론과 실제가 맞지 않는 경우입니다. 이런 때는 아무리 훌륭한 상품이 있고 아무리 매상이 올라도 경영은 부실하게 되고, 최악의 경우에는 도산될 우려도 있습니다. 그렇기 때문에 '자금 유동성은 어떻게 되고 있는가?'에 대해서 충분한 관심을 가지고 주의를 기울여야 합니다.

대차대조표에서 특히 중요한 것은 자산의 '유동성'입니다. 아무리 재산 상태가 좋고 고정 자산이 많아도 아차 하는 순간 현금화시키지 못해 지불이 어려워질 수도 있습니다. 또한 대차대조표에서는 재고 자산에 주목을 해야 할 것입니다. 이 속에는 장기 재고품도 포함되어 있는 것이 보통인데, 그것을 현금화시키려고 거의 헐값에 판매하는 경우도 자주 볼 수 있습니다.

제조(생산) 분야, 판매 분야, 서비스 분야, 그리고 다른 모든 분야의 일에 있어서 더욱 중요한 것은, '코스트(원가와 경비)가 어느 정도인가?' 라는 점일 것입니다.

좋은 물건을 만들고 좋은 서비스를 하려는 마음 자세도 중요하지만, 코스트가 높아 적자가 된다면 비즈니스로 성립될 수 없습니다. 이것은 회사의 경영에서 뿐만 아니라 개인생활 면에서도 중요한데, 수입을 웃도는 지출을 하게 되면 가계에 곧 구멍이 생겨 건전한 가정 생활을 영위할 수 없게 됩니다.

기업의 재정상태를 한눈에
볼 수 있게 도식화한 표,
자산 부채표라고도 한다.

(차변)	(대변)
자산	**부채**
○ 유동자산	○ 유동 부채 ○ 고정 부채
○ 고정 자산 · 유형 고정 자산 · 무형 고정 자산 · 투자등	**자본**
	○ 자본금 ○ 법정 준비금 ○ 잉여금

PART 08

기획력,
발상력을
키우는 방법

좋은 기획을 창출하라

71

눈앞의 상황만 가지고는 좋은 기획을 할 수 없다.
좋은 기획은 경영의 기본 이념에서 비롯된다.

기획이란 '자기가 하고 싶은 것' 이든, '위에서 내린 지시' 이든, '어떤 원망願望' 이든 간에 그 일을 구체화하는 수단이라고 생각하면 됩니다. 그러나 그것이 눈앞에 보이는 정도에만 그친다면 잘 될 수 없습니다.

예를 들면, '매상을 올리고 싶다' 라는 것은 막연한 하나의 바람입니다. 그러므로 '매상을 올리기 위해서 어떻게 할까?' 라는 발상으로는 제대로 된 기획을 기대할 수 없습니다. 또한 '사람들이 생각했던 것처럼 움직여 주지 않는데 어떻게 하면 좋을까?' 하고 고민하는 비즈니스맨들도 많을 것 같은데, 이러한 사고방식으로는 아무리 머리를 쥐어짜도 묘안이 떠오르지 않습니다.

그렇다면 어떻게 하면 좋겠습니까?

어느 회사나 '사시社是', '사훈' 이라는, 기업의 기본 이념과 같은 것이 있습니다. 즉 '우리는 ○○을 통해 크게 회사에 공헌 한다',

'인간 존중의 경영' 등 여러 가지를 생각할 수 있습니다. 그러나 일부 사람들은 '그런 것이 무슨 필요가 있을까?' 하고 생각할지도 모르겠습니다. 원래 사시나 사훈이라는 것은 이상론이어서 실제로는 아무런 도움이 되지 않는다고 생각하겠지만, 그것은 대단히 큰 실수입니다.

사시, 사훈에는 회사 창업 당시의 '일에 임하는 자세'나 '경영자의 살아가는 방식' 등의 내용이 담겨 있습니다. 그러한 '마음의 자세'가 있었기 때문에 회사의 기초가 확립되었다는 사실을 잊어서는 안 됩니다. 회사가 커지고 사원도 늘어 창업 당시에 비해 그렇게 많은 노력도 하지 않았는데 매상이 늘어나게 되면, 자신도 모르게 창업 정신은 잊혀져 거의 희미해져 버립니다.

만약 일정 상품의 매상을 늘리기 위해 뭔가 기획하려고 할 때 '왜 팔리지 않는 것일까?', 또는 '어떻게 해야 팔릴까?' 하고 무조건 초조해 한다고 해서 되는 것이 아닙니다.

이 상품은 정말로 사용자에게 도움의 되는 것일까?

사용자가 좀 더 즐겁게 사용할 수 있게 하기 위해서는 어떻게 하면 좋을까?

이러한 시점에서 바라보는 것이 필요합니다.

그렇게 하려면 기본 이념으로 돌아가 기획하는 수밖에 없습니다.

기획의 발상을 달리하라

72

기획의 발상은 상품이나
서비스 개념에서부터 생겨난다.

제품 기획이나 판매 기획, 판매 촉진법, 사원 교육 등 모든 기획은, '첫째, 자신이 하려고 하는 것의 의미, 가치가 어디에 있는 것인가?'를 다시 한 번 생각해 보는 데서 새로운 발상이 생겨나는 것입니다.

예를 들어 'A상품의 매상을 늘리는 판매 촉진책'을 고려할 경우, 'A상품은 정말로 사용자의 요구에 맞는가?'가 우선 문제시되어야 할 것입니다.

만약 대답이 '네'라면, 'A상품의 좋은 점을 사용자가 알게 하기 위해 어떻게 하면 좋을까?'에 초점을 맞춰야 합니다.

그러나 불행하게도 대답이 '아니요'일 경우, A상품은 유사품도 많고 매우 흔한 데 비해 값이 비싸다고 하면, 'A상품을 어떻게 해야 가치 있는 것으로 만들 수 있을까?'라는 것이 과제가 될 수 있습니다.

그리고 좀 더 싸게 하기 위해서는 — 설계·제조·유통 면에서의 비용 절감, 좀 더 편리하게 하기 위해서는 — '세일즈맨의 교육이나 유통구조를 개선하여 언제 어디서나 쉽게 구할 수 있는 체제를 만든 다', '사용자의 요구에 맞도록 만들고, 또한 새로운 욕구를 충족시 키기 위해 제품을 다양하게 늘린다' 등의 대책이 필요하게 될 것입 니다.

단지 '팔리지 않아', '좀 더 팔리기 위해', '좀 더 팔리기 위해 어 떻게 해야 할까?' 등의 발상을 가지고는 상품이나 서비스의 판매 촉 진에 대한 기획을 하려고 해도 좋은 아이디어가 떠오르지 않을 것입 니다.

'원망顧望'이 확실히 '기획'의 출발점이긴 하더라도 단순한 자기 본위의 원망일 경우에는 회사 내에서도 인정받기가 꽤 어렵습니다. 그러므로 기획의 목적을 확실히 하고, 가능하면 '공적, 건설적인 것' 으로 할 필요가 있습니다.

사용자나 거래처를 대상으로 하는 기획은 그보다 한층 더 중요한 의미를 가질 수 있습니다. '상품이나 서비스의 개념을 확실히 할 것' 에서부터 기획의 발상이 생깁니다. 바꿔 말하면 '사시', '사훈' 등 기본 이념을 다시 살펴보는 수밖에는 없는 것입니다.

73

풍부한 발상은
어떻게 생기는가?

풍부한 발상은 상대방에 대한 세심한 배려,
따뜻한 마음씨에서부터 생겨난다.

당신 회사의 상품은 생각한 대로 팔리고 있습니까?

당신 회사는 예상한 대로 매상이나 이익이 오릅니까?

당신 부하는 기대한 대로 활동하고 있습니까?

대답이 '아니요'라면, '발상의 원점'에서 어딘가 이상한 점이 있는지 생각해 보십시오.

"여러 가지 다 해 보았지만 아무리 생각해도 모르겠어. 할 수 있는 것은 다 해 보았는데……."

"그렇기 때문에 이 책에 뭔가 좋은 힌트가 없을까 하고 이렇게 읽고 있지 않습니까?"

라고 말하는 사람도 있을지 모릅니다. 그런데 어떻게 하면 이런 것을 타개할 기획이나 아이디어가 생겨날 수 있습니까?

예를 들어 제품 기획이나 판매 기획 면에서, '싸기 때문에 팔린다', '좋은 것은 팔린다', '작년에 이만큼 팔렸으므로 올해도 이만

큼만……' 하고 생각하지 않습니까?

또는 사내에서의 개선책이나 행사를 기획해도, '회사 방침이기 때문에 받아들여야 한다', '모두를 위한 것이므로 협조해야 된다', '사원으로서 당연하다' 라고 생각하지는 않습니까?

사용자에게 물건을 판다, 상사나 부하를 움직이게 한다 하는 경우라도 상대방이 인간임을 잊는다면 매사 벽에 부딪힐 것입니다.

숫자로는 나타낼 수 없는 사용자의 반응, 기계로도 읽을 수 없는 부하의 마음을 예리하게 파악할 수 있는 '감성'을 가지고 그에 대응할 '풍부한 발상'을 가져야 할 것입니다.

그렇다면 그러한 풍부한 발상은 어디서 생겨나는 것일까요?

그것은 상대방에 대한 '세심한 배려'와 '따뜻한 마음씨'에서 비롯된다고 해도 과언이 아닙니다.

대외적으로 길이 막혀 막막해졌을 때 사용자나 거래처의 사람들의 입장에 서 보는 것입니다. 회사 안에서도 상사의 승인이나 주위의 협력이 없다고 느껴질 때는, '왜 협력해 주지 않을까?' 하고 상대방 입장에서 보는 것입니다. ('감성을 키우는 10개 조항'의 제5조 참조)

74

약자의 위치에서는 기획이나 제안을 하라

상대방이 하라는 대로 할 것이 아니라, 상대방이 전혀 생각
하지 못했던 것을 착안하여 제안하는 적극성을 보인다.

이상과 같이 숫자나 상식, 규칙 등으로 결론짓는 것에서 탈피하여
'인간으로서의 마음씨' 나 '상대방의 입장에 서 보는' 시점視點에서
부터 사물을 보고 생각해야만 '풍부한 발상' 이 생깁니다.

그것은 '스스로에 대해 겸허한 반성' ― 즉 자신이 최고라는 오만
한 태도에서 벗어나야만 시작할 수 있습니다.

그렇다고 무조건 상대방이 하는 대로 하라는 것은 아닙니다. 때에
따라서 상대방이 전혀 생각하지 못했던 부분을 이쪽에서 제안하는
적극성도 필요합니다.

특히 영업에 관계하는 사람들은 '사용자가 말하는 것이라면 하나
에서 열까지 맞다' 고 받아들이는 것이 보통인데, 철저한 서비스를
위해 받아들여야 할 부분도 있겠지만 그것은 커다란 잘못입니다.

어떤 부품을 제조 · 납품하는 하청 업체의 영업 사원 K씨는 불량품
때문에 항상 괴로워하고 있었습니다.

K씨는 제조 부문에 재삼 주의를 기울였지만 좀처럼 문제가 해결되지 않았습니다. 아무래도 현재의 기술로는 어느 정도의 오차를 줄이지 못하는 실정이었던 것입니다.

다급해진 K씨는 문득 '문제가 되고 있는 복잡한 공정 부분을 없앨 수는 없을까?' 라는 생각을 하게 되었습니다.

고민하던 끝에 그는 설계 기사에게 '항상 불량이 나와 의심이 가던 점이 이 부분인데, 이것을 제거할 경우 성능상 문제는 없겠습니까?' 하고 제안을 해 보았습니다. 그 결과, 그것을 제거해도 전혀 아무런 문제가 없는 것이 판명되었던 것입니다.

그 후 K씨의 아이디어를 바탕으로 설계 변경을 하여 당연히 클레임은 제로가 되었고, 제조 시간은 대폭 단축되었으며, 원가는 내려가고 납기도 빨라졌습니다.

❶ '풋내기(아마추어) 같은 생각' 이라도 주저하지 말고 제안한다.

❷ 안 되는 이유보다 되도록 하기 위한 지혜를 짜낸다.

❸ 상대방의 상황을 잘 파악한다.

❹ 상대방에게 도움을 줄 만한 아이디어를 생각한다.

❺ 상대방과 이쪽 모두에게 도움이 될 '접점'을 찾는다.

75

발상·아이디어의
힌트가 되는 것은?

뛰어난 아이디어는 아마추어 발상이나 상식 밖의 즉흥적인 착상에서
생겨날 수도 있다. 프로의 자각이 '맹점'을 낳을 수 있다는 것을 명심할 것.

앞의 예에서도 알 수 있었던 것처럼, 어떤 분야의 전문가라면 모든
것을 알아야겠지만 실제로는 생각지도 못한 것을 빠뜨리는 경우도
있습니다.

K씨의 '발상'이 성공했던 이유로는 우선, 괴로운 나머지 '그것을
없앨 수 없을까?' 하고 상식 밖의 발상을 했기 때문입니다.

그 다음으로는, '이런 것이 통하지 않을지도 모른다'는 생각이 있
으면서도 상대방과 부딪혀 보는 용기를 보였기 때문입니다.

그리고 세 번째로는, 이것을 들은 설계 기사가 '아마추어 발상'을
냉철하게 판단하여 받아들였기 때문에 일이 쉬워질 수 있었던 것입
니다.

이처럼 어려운 문제를 해결할 때는, '줄인다, 생략한다'는 발상이
크게 도움이 됩니다.

뭔가 새로운 아이디어를 내고 기획을 짜고 제안할 경우, '발상의

힌트' 는 주어집니다.

자신은 특정 분야에서 그 정도의 전문적 지식이나 기술이 없다 — 즉 '나는 문외한이다' 라고 생각해 소극적인 태도로 일관한다거나 어처구니없는 웃음거리가 될까 염려하여 그것을 피해서도 안 됩니다.

자신은 그 분야의 전문적인 지식을 가지고 있다는 자신감이 있다 — 즉 '프로' 라고 자각하고 있으면 그만큼 '맹점' 이 있다는 것을 알아야 합니다.

비전문가의 발언이나 제안을 쓸데없이 무시하지는 않는지 한 번은 겸허하게 귀를 기울일 필요가 있습니다. 물론 비전문가적(아마추어)인 발언이나 제안이 항상 이 경우와 같이 적중한다고는 볼 수 없습니다. 오히려 반대의 경우가 많은 편입니다. 단지 그러한 발상 속에서 가끔 '순간적으로 반짝 빛나는 것' 이 있을 수 있다는 점을 잊어서는 안 됩니다.

게다가 '멋진 발상' 은, 대체로 궁지에 몰렸을 때 생겨나는 것입니다. 좋은 아이디어가 떠오르지 않는 이유는 그만큼 곤란하지 않다는 증거입니다.

그러므로 아이디어를 창출하기 위해서는 때로 크게 질책을 당하는 것도 필요한 것입니다.

76

기획의 길이 막혔을 때는?

기획이 정해졌을 때는 원점으로 되돌아가든가,
얼핏 관계가 없는 것 같이 보이는 모든 것에 관심을 갖는다.

　이 부의 처음에 다루었던 개념을 발전시키려면 '문제의식을 가지고 여러 가지 것을 보는 데'에 초점을 맞추어야 합니다. 그러려면 우선 거리를 걸을 때나 상점에 들어갔을 때, 또는 직장이나 거래처 사람들과 접할 때도 '왜?', '어째서?'라는 의문을 가질 것, 즉 '호기심을 갖는 일'입니다.('감성을 높이는 10개 조항'의 제9조 참조)

　샛강에 비유를 할 것 같으면 '개념'·'이념'은 원류源流이고, '호기심'은 바다쯤 될 것입니다. 분명히 '원류'인 개념에서 출발하면 여러 가지 곡절은 있다 해도 큰 강이 되고, 마침내는 바다에 이르게 됩니다.

　그러나 루트(root)를 벗어나면 어딘가에서 물의 흐름은 흐지부지되어 버릴 것입니다.

　회사의 상품이나 서비스, 기획 등에 관해서도 마찬가지입니다. 기본 이념과 정신이 아무리 훌륭해도 상품이나 기획이 점점 쇠퇴해 갈 경우에는 어딘가에서 길을 잃어버릴 수 있습니다.

이런 상태에서 벗어나기 위해서는 두 가지 방법이 있습니다. 하나는 원류, 즉 개념으로 되돌아갈 것과 또 하나는 '바다로 나가 버리는' 것입니다. '호기심을 갖는다'는 것은 바로 바다로 나가는 것과 같습니다.

'바다로 나가는' 것은 여러 많은 갈래를 모아 '결국 목적지에 도착하는' 것을 뜻합니다. 즉 현재 자신이 처해 있는 문제와 아무런 관계도 없는 세상의 움직임이나 현상에 관하여 '관심을 가지고 보는' 것입니다.

예를 들면, 전혀 관계없는 프로 야구의 관객 동원에서도 '뭔가 번쩍이는 힌트'를 얻을 수 있습니다.

관계가 있으면 그 좋은 점을 내 것으로 만든다 ─ 관계가 없음에도 불구하고 같은 것을 했을 때는 별로 효과를 얻지 못하지만, 세상의 모든 현상들은 관계가 없는 것처럼 보여도 어딘가 연결이 되어 있습니다.

프로 야구와 당신의 기획과는 사람을 상대로 한다는 점에서는 연관이 있습니다.

이와 같이 언뜻 자신과는 관계없는 것처럼 보이는 현상도 '관심을 가지고' 바라보면 좋은 발상이 생길 수 있습니다.

77 살아 있는 기획을 연구할 수 있는 방법

번성하는 상점과 그렇지 못한 상점의 차이는 무엇일까?
여기에서도 기획의 발상을 얻을 수 있다.

예를 들어 영업이 잘되는 상점과 그렇지 못한 상점에 대한 연구를
할 경우, 잘되는 상점은 어디가 어떻게 좋을까요?

상점의 입지 조건이나 점포의 규모가 크다, 취급하는 상품의 종류
가 다양하다, 값이 싸다, 서비스에 빈틈이 없다 등 여러 가지 이유를
생각할 수 있겠지만, 상식적으로 딱 잘라서 말할 수는 없습니다.

자기가 취급하는 상품과 관련이 있는 상점의 상황에 관심을 갖는
일은 당연한 일이지만, 그 이외의 상점도 관심을 갖고 볼 필요가 있
습니다. 그리고 다음과 같은 것에 유의하십시오.

(1) 시계열時系列로 변화를 관찰한다.

일시적으로는 번창하는 상점의 상태를 잘 알 수 없습니다. 어느 일
정 기간에 같은 업종의 상점을 관찰하면서 그 변화를 보는 것이 중요
합니다.

(2) 24시간을 시간대 별로 관찰한다.

당연히 오전보다는 저녁 시간대에 손님이 많을 것입니다. 같은 저녁이라도 주초와 주말, 또는 월초, 중순, 월말마다 각각 손님의 출입에 차이가 있습니다.

(3) 상품과 가격 등의 직접 요인을 체크한다.

주요 상품을 놓는 장소는? 품목 수는? 기획 상품을 효과적으로 이용하고 있는가? '싸다' 고 해도 전부 싼 것은 아닐 것입니다. 그날그날의 가격의 변동에도 주목해 봅니다.

(4) 점원의 태도, POP(Point of Purchase : 구매 시점)등의 간접 요인을 체크한다.

점원 쪽에서 먼저 말을 거는지, 가만히 손님의 행동을 보고 있는지, 또는 손님이 부르면 잘 대답하는지 등. 또한 세련된 POP가 있으면 아이디어와 힌트를 참고하십시오.

(5) 자신의 직감을 시험한다.

'이유 없이 괜히 좋은 상점' 이라든가 '센스가 있는 상점' 이라는 감성과 육감으로 평가, 채점해 봅니다.

이상과 같은 각도라면 자기 나름대로의 체크 포인트를 만들어, '이 상점은 번창하는가, 그렇지 않은가?' 하는 예상이 가능합니다. 수주일 또는 수개월, 1년 후에 '예상이 맞았는가, 아니면 예상에서 벗어났는가? 그렇다면 이유는 왜일까?' 등 여러 가지로 생각해 가면, 그것이야말로 흥미진진한 연구 재료가 될 것입니다.

78 기획과 인연 만들기

모든 사람이 기획과 밀접한 관계를 맺고 있다.
재미없는 일을 재미있게 한다 — 여기에서부터 기획은 생겨난다.

독자들 중에는, '나는 신제품 개발 담당자도 아니고 교제도 넓지
않으며 게다가 지혜도 없다'고 생각하는 사람이 있을는지도 모릅
니다.

그러나 그렇게 비관하지 않아도 됩니다.

예를 들어 현재 당신이 매우 침울한 상태에 있다고 합시다.

하루하루의 일이 단조로우며 재미가 없고, 뭔가 조금이라도 실수
를 하면 심한 잔소리를 듣는 등, '풍부한 발상'과는 거리가 멀다고
생각하고 있는 사람도 있을 것입니다.

실은 이때가 '기회'입니다.

재미가 없으면 '재미있게' 하고, 고통이 있으면 고통이 없도록 하
면 그 뿐입니다. 머릿속에 '변환 스위치'를 넣는 것입니다.

'풍부한 발상'이라고 하면 일부 기획력이 뛰어난 사람들이나 천재
적인 섬광을 지닌 사람들에게 국한된 것으로 생각되겠지만, 오히려

지극히 평범한 사람, 그것도 현재 상황에 뭔가 불만을 가지고 있는 사람에게 일어나기가 쉽습니다.

일이 단조로워 재미가 없다는 불만이 있다면 그 불만의 배출구를 다른 곳에서 찾지 말고, 단조롭고 재미없는 일을 재미있게 하기 위한 공부를 해 보면 좋을 것입니다.

'그래도 윗사람의 명령인데 제멋대로 바꿀 수는 없지 않은가?' 라고 반문하는 사람이 많은데, 그렇지만은 않습니다. 우선, '이런 단조로운 일은 그만두는 것이 좋지 않을까요?' 라고 상사에게 의사 표시를 해 봅니다. 상사는 처음엔 그렇게 할 수 없다고 퇴짜를 놓을지도 모릅니다. 그러나 당신의 생각이 진정 옳은 것이고 그 생각에 대한 이유를 이해할 수 있도록 잘 설명하면, 대개의 경우 알아들을 것입니다. 그리고 가능하면 받아들일 것입니다.

직장에서는 실제로 전부터 해 왔다는 이유만으로 그다지 의미가 없는 것에 시간과 수고를 낭비하는 일이 꽤 많습니다. 그것을 '재미없다' 고 느끼면서 의미도 없이 계속할 필요는 전혀 없습니다. 그것이야말로 일찌감치 그만두어야 할 것입니다. 특히 재무(회계)나 관리직에서 이런 경우가 의외로 많습니다.

어떻습니까? 이렇게 생각해 보면 기획이라고 하는 것이 당신과 전혀 무관하지 않다는 것을 알 수 있지 않습니까?

79 발상의 근원을 찾는 방법 Ⅰ

불평 · 불만 · 불편을 느낀다면, 그것을 해결하기
위해 어떻게 할까를 생각한다. 그것이 발상의 원천이다.

'재미없는 일' 뿐 아니라 '피로해지기 쉬운 일, 위험한 일, 몸에
해로운 일' 등은 가능하면 '즐겁게, 빨리, 안전하게, 무해하게' 하는
공부를 할 수 밖에 없습니다.

이와 같이 발상이란 것은 현재 상황에 불만을 가졌을 때에야 비로
소 생기는데, 불만을 갖는 것만으로는 안 됩니다. 노력을 기울이지
않으면 아무것도 되지 않습니다. 또한 지금까지 실행해 온 방법을 바
꿀 때에는 지금과 같거나 그 이상의 성과를 올려야 합니다.

당신이 지금의 일은 재미없다, 혹은 괴롭다고 느꼈다면, 그것은 발
상을 만들어 내기 위한 원천인 것입니다.

물론 단순히 일시적인 생각만으로는 금방 좋아지지는 않을 것입니
다. 무엇보다 지금 하고 있는 일은 그 나름대로의 필요성과 지금까지
계속해서 만들어져 온 것이기 때문에 보다 즐겁고 빠르게, 효과적이
고 재미있게 하는 방법이 그렇게 쉽게 발견된다고는 볼 수 없습니다.

그러나 포기하지 않고 이것저것 많은 공부를 하면 반드시 좋은 방법이 발견된 것입니다.

만약 생각대로 되지 않아도 '공부하는 것' 자체만으로도 큰 성과라고 생각하는 것이 좋습니다.

이것과는 반대로, '이런 것이 있다고 했는데, 왜 없는 것일까?' 라는 생각에서도 발상은 생깁니다.

일상생활이나 직장에는 불편하고 쓸모없는 것이 의외로 많습니다. 취직 정보지 등이 바로 이렇게 해서 만들어진 새로운 상품입니다.

예를 들면, 도시에서 자동차를 사용하여 영업 활동을 하고 있는 사람들은 어디를 가나 주차장을 찾는 것이 큰 일일 것입니다.

그러나 무엇 때문인지 '주차장 안내도' 같은 것은 시내 어디에서도 찾아볼 수 없었습니다.

그럴 경우, '어디 역전 부근에는 ○○에 가면 주차장이 있다' 라는 것을 알 수 있는 안내 책자가 있으면 운전자들에게 매우 편리할 뿐 아니라 주차장을 찾기 위한 시간과 수고도 절약될 것입니다.

80 발상의 근원을 찾는 방법 II

여러 가지를 보면서 그 차이를
'알아내는' 것에서도 기획은 생긴다.

이처럼 재미없는 것(불만족스러운 것), 불편한 것에서 '기획'이나 '아이디어'가 무한히 생겨납니다. 그리고 기획, 발상 가운데 어떤 것은 일을 보다 쉽게, 어떤 것은 사람을 기쁘게, 또한 어떤 것은 새로운 비즈니스와도 연결이 됩니다.

게다가 이것을 제7부에서 소개했던 '보는 것'과 연결하면 다음과 같은 것도 생각할 수 있습니다. 휴일을 이용해 편도 두 시간 정도 소요되는 농촌이나 어촌에 가 보는 것입니다. 그 곳에서는 야채나 생선을 도시에 비해 반값으로 살 수 있습니다. 그것도 신선한 것으로…… 그리고 이런 지방에서는 반대로 가전제품 등이 도시에 비해 훨씬 비싸다는 것도 알 수 있을 것입니다.

이 지역 격차를 이용해 여러 가지 비즈니스도 생각할 수 있습니다.

그 중 한 가지는 산지 직송의 야채나 생선을 판매하는 것입니다. 그 원점은 이미 오래 전으로 거슬러 올라갑니다. 이른바 생산지에서 직접 생선이나 채소 등을 가져다 파는 아줌마를 말하는 것입니다.

물론 당신에게 그런 것을 하라는 것은 아닙니다. 자신의 몸무게만 큼이나 무거운 짐을 머리에 이고 집집마다 방문한다는 것은 심한 중노동입니다. 이런 아줌마들은 이미 가는 곳마다 평소 잘 아는 거래처도 몇 집이나 가지고 있습니다. 그렇기 때문에 무거운 짐들을 빨리빨리 처리할 수 있는 것입니다. 이것을 좀 더 현대화한 것이 '트럭' 행상입니다. 작은 트럭에 생선이나 야채를 싣고 팔러 다니는 사람들을 여러분도 많이 보았을 것입니다.

그러나 한편으로는 중개상이나 시장에 헐값으로 파는 생산자가 있는가 하면, 신선도가 떨어진 상품을 비싼 가격으로 사는 소비자도 있습니다. 이 쌍방에 플러스를 가져다주고 있는 사람이 그런 아줌마와 트럭 행상인이라고 할 수 있습니다.

물론 여기에도 장해가 있습니다. 생산자는 싸게 팔고 소비자는 비싸게 산다고 하면 당연히 현행 시스템에서 이익이나 은혜를 입고 있는 사람들이 있을 수 있으므로, 이 사람들의 저항이나 방해를 고려할 필요가 있습니다. 그렇지만 아줌마나 트럭 행상인은 이런 방해를 받지 않고 있습니다. 그 이유는, 규모가 작고 기득권자의 이익을 위협하지 않기 때문입니다.

PART 09

현대를 건전하게
살아가는 자기관리

자기 관리의 포인트 81

자기 관리의 기본은 우선 라이프 플랜을 갖는 것. 거기다 건
강·경제·애정(신뢰) 등, 세 가지 포인트에 배려를 할 것.

자기 관리에도 규칙적인 생활을 한다거나 과음과 과식을 삼가고
자신의 건강관리에 신경을 쓰는 등 여러 가지 방법이 있다고 생각합
니다. 그러나 무엇보다 기반이 되는 것은 라이프 플랜(인생의 장기
목표)입니다. (제1부 4장 참조)

라이프 플랜은 확실하고 구체적이지 않아도 좋다는 것을 이미 설
명했는데, 그렇다고 아무 계획도 없이 닥치는 대로 하는 것은 곤란합
니다. 어딘가에 이상, 꿈, 신념 같은 것을 가지고 있어야 합니다. 라
이프 플랜이 중요하다는 것은 바로 이런 의미입니다. 이상이나 꿈이
있으면 이것이 '마음의 지주'가 되어 바람직한 생활 설계를 세울 수
있게 됩니다.

이렇게 설명해도 그것만 가지고는 구체적으로 어떻게 하면 좋을지
잘 모르는 사람들이 많은데, 자기 관리에서 배려해야 할 세 가지의
포인트는 다음과 같습니다.

(1) 건강 면

(2) 경제 면

(3) 애정(신뢰) 관계 면

이하 각각 구체적으로 설명해 보기로 하겠습니다.

⑴ 건강 면

무엇보다 가장 중요한 것이 있다면, 그것은 두말할 나위 없이 건강일 것입니다. 불규칙한 생활이나 건강 상태를 잘 돌보지 않는 것은 건강을 해치는 요인이 됩니다.

건강을 유지 · 증진시키기 위해서는 균형적인 식생활과 적당한 운동, 그리고 휴양이 중요합니다.

일 때문에 무리를 한다거나 교제로 인해 과음을 하거나 기타 불규칙한 식사 등 건강을 해치는 요인이 당신의 주위에는 얼마든지 있습니다.

그런 유해한 것으로부터 몸을 지키고 건강을 유지 · 증진하기 위해서는 자기 관리 이외의 다른 방법은 없습니다.

특히 가족과 떨어져 독신 생활을 하고 있는 사람은 자유를 구가하는 나머지, 불규칙, 불섭생不攝生, 편식이 되지 않도록 주의하십시오.

자기 건강은 자기 밖에 지켜 주지 못하므로…….

건강관리에 있어서 주의할 점

82

> 오늘날 비즈니스 사회에서는 무엇보다도 정신적인 스트레스에
> 주의하지 않으면 안 된다. 마음의 건강은 자기 스스로 지켜야 한다.

81장을 읽고 건강을 유지하기 위해서는 교과서적인 생활을 해야 한다고 생각하는 사람도 있을지 모르겠습니다. 만약 건강관리의 포인트를 교과서 스타일로 실행하려고 한다면 주위의 인간관계도 매끄럽지 못하고, 교제도 어려워질 수 있습니다. 거기다 일을 하기 때문에 다소의 무리를 해야 하는 경우도 누구에게나 있습니다.

또한 회사와 집만을 왕복하는 틀에 박힌 생활을 한다면 본인 자신도 별 재미를 느끼지 못할 것이고, 그런 사람에게는 인간적인 매력도 찾아볼 수 없을 것입니다. 그러한 생활을 한다고 할 때 지금까지 인맥이나 정보를 모으기 위한 방법을 연구해 온 내용과는 모순되지 않을까 하는 생각도 듭니다.

가끔씩은 흥에 겨워 도를 넘어 보는 것도 좋으며, 젊은이라면 가벼운 탈선도 사랑할 만합니다. 단지 제한이 있어야 할 것이며, 거기에는 스스로의 절제가 필요합니다. 이것이 자기관리입니다.

게다가 젊은이들은 약간의 무리에도 견딜 수 있는 체력이 필요합니다. 지금부터라도 체력 단련을 위해 노력하지 않으면 일시적인 곤란을 참아 낼 수 없을 것이며, 큰 일을 앞두게 되면 약해질 수도 있습니다. 보통 힘이 드는 특수 작업이 아닌 사무 관계나 영업 활동 외의 가벼운 작업 때문에 육체적으로나 신체적으로 건강을 해치는 경우는 드물다고 생각합니다.

그보다 주의해야 할 것은 정신적인 스트레스일 것입니다.

그러나 정신적인 면의 건강관리는 육체적인 건강관리에 비해 아직 확립되어 있지 않다고 해도 좋을 정도입니다. 자신의 마음 건강은 자신 밖에 지킬 수 없습니다.

그렇다면 어떤 것이 마음의 건강을 위협하는 스트레스의 원인이 되고 있을까? 여러 가지를 생각할 수 있겠으나 우선 사내, 사외의 복잡한 인간관계나 영업 외에 과중한 업적 목표에서 오는 정신적인 중압감 등이 원인이 될 수 있습니다. 또한 가정에서의 문제가 복잡하게 뒤얽혀 스트레스의 원인이 되어 비즈니스맨의 정신건강을 해칠 수도 있습니다.

최근에는 마음의 건강에 차츰 관심을 가지기 시작해 일부에서는 '정신건강' 이라고 하여 이 분야를 연구하는 사람도 있습니다.

마음의 건강관리는 이렇게 하라

라이프 워크 · 사는 보람을 갖는 것이 마음의 건강 유지와 증진에 필요. 싫은 것에 구애 받지 말고 자기 나름대로의 스트레스 해소법을 공부한다.

서점에 가 보면 알 수 있겠지만, 마음의 건강에 대한 책들이 여러 가지 출판되어 있습니다. 그러나 이 분야는 확정적인 근거가 없으며, 육체의 건강관리에 비해 개인의 차이도 크고 일률적이지 못해 꽤 까다롭습니다. 즉 어떤 사람에게는 매우 스트레스를 받는 직장이나 가정환경이 다른 사람에게는 그다지 스트레스를 주지 않을 수도 있습니다. 또한 일부러 정신적인 스트레스를 피하려고 하면 절대 해결이 안 되는 면도 있고, 지나친 보호 속에서는 언제까지라도 건강이 회복되지 않는 수도 있습니다.

따라서 일반적으로 말할 수 있는 것은 일에 흥미를 갖고 어느 정도 열중하는 것이 중요하다는 것입니다. 그것이 어려울 경우에는 일 이외에 뭔가 보람이 될 만한 것이나 새로워질 수 있는 뭔가를 가지고 의식에 변환을 주는 것이 마음의 건강 유지나 증진에 꼭 필요하다고 생각합니다.

라이프 플랜이 중요하다는 의미는 여기에서도 알 수 있을 것입니다. 사람들은 왜, 무엇을 위해 일을 하는 것일까요? 지금의 일이 필생의 일이라면 자연히 일에 몰입하는 방법도 변화해야 하는 것은 아닐까요? 그렇게 하지 않고 일이 생활의 수단이 되면 의식의 변화를 결코 기대할 수 없습니다.

어쨌든 세상에는 즐거운 것이 많이 있으니, 모쪼록 그런 쪽으로 눈을 돌려 기분 전환을 하는 것이 좋습니다.

물론 아름다운 음악을 듣는 것도 좋고, 그림이나 조각을 만들거나, 휴일의 하이킹이나 여행도 좋습니다.

만약 그것이 여의치 않을 경우에는 몸을 격렬하게 움직여 보거나, 아니면 싫은 것을 종이에 싸서 버리거나, 또는 사람이 없는 곳에서 큰 소리를 질러 보는 등의 스트레스 발산법을 연구해 보아도 좋을 것입니다.

짧은 시간이라도 효율적으로 편안히 쉬는 방법을
익혀 두면, 마음의 건강 유지와 증진에 도움이 된다.

　제가 평소 실천해 온 마음의 건강 유지 · 증진시키는 법을 잠깐 소
개해 보려고 합니다.

　'이미지 훈련'이 그것인데, 다양하게 활용할 수 있으므로 생활의
지혜로 기억해 두면 유용할 것입니다.

[이미지 훈련 — 제1단계]

(1) 소파에 느긋이 기대어 있거나 의자에 편안하게 앉는다. 또는 잠자리에서 천장을 보고
　누워 팔다리의 힘을 뺀다.

(2) 가볍게 눈을 감고 복식 호흡을 한다. 복식 호흡이란 배가 불룩해질 때까지 숨을 잔뜩
　들이쉬고 난 다음, 조금씩 내쉬는 일종의 심호흡이다.

(3) 조용히 보통 호흡으로 되돌아와 다음과 같은 이미지를 머릿속에 그린다.

예)

❶ 바람에 파도가 이는 바다를 떠올리고, 파도가 점점 조용해지기를 기다린다.

❷ 안개를 떠올리고, 그것이 점점 걷히는 것을 상상한다.

이 제1단계는 마음속이 무엇에 의해 구애받을 때 유효합니다.

일이 난관에 부딪혔을 때 취미 등으로 기분을 전환하는 것도 하나의 방법이지만, 사람에 따라서는 오히려 그것 때문에 애를 태우는 사람이 있는가 하면 커다란 문제를 안고 있어도 기분은 그렇지 않은 사람도 있을 것입니다.

따라서 효율적으로 편안하게 할 수 있는 수단으로써 이미지 훈련을 활용하는 것입니다.

다음은 그 제2단계입니다.

심신의 건강 유지와 증진을 위해 짧은 시간이라도 편안히 쉴 수 있는 제2단계는 스트레스가 많은 현대인에게 크게 도움이 될 것으로 확신합니다.

제1단계의 (1)~(3)을 반복.

(4) 자신이 '가장 편안할 때의 상태'를 떠올린다.

예)

❶ 해변에서 편안한 마음으로 바다를 바라본다.

❷ 온천이나 따뜻한 물속에서 손과 발을 반복해서 오므렸다, 폈다 한다.

보다 적극적으로
훈련을 하기 위한 방법

이미지 훈련을 휴식에서부터
적극적인 목표 달성까지 폭 넓게 활용한다.

마음의 건강 훈련을 더욱 적극적으로 하고 싶어 하는 사람에게는
이미지 훈련의 제3단계, 제4단계가 효과적입니다.

제3단계와 제4단계의 훈련으로 마음이 편안해진 상태에서 순수하
게 '나는 무엇을 하면 좋을까?' 하고 묻는 것은, 원점으로 되돌아가
마음을 비운 상태에서 모든 것을 주시하고 있다는 것을 뜻합니다.

제 경험으로는 훈련 직후보다도 보통 2,3일이 지난 후에야 효과가
나타납니다. 왜냐하면 사물을 보거나 다른 사람의 이야기를 들을 때
'솔직한 마음'으로 받아들이기 때문입니다. 그 뿐 아니라 주위의 의
견도 활용하게 되고, 그때까지는 미처 보지 못하고 넘어갔던 것에도
신경을 쓰게 됩니다. 그 결과, 아이디어가 솟는다거나 순간적으로 재
치가 번뜩이는 경우가 많아질 것으로 생각됩니다.

이미지 훈련 제3단계는 본인 스스로가 자신의 마음을 겸허한 상태
로 만드는 것이고, 제4단계는 '자신이 해결하려고 생각하고 있는 문

제는 반드시 해결 된다', '자신이 달성하고 싶은 목표는 반드시 달성
된다' 라는 자신감을 마음속에 심는 것입니다.

문제 해결을 위해 여러 가지 방법을 설명할 때, '가능하다', '할
수 있다' 라고 믿고 실행하면 반신반의로 하는 것보다 결과가 더 좋
을 것입니다. 그것이 제4단계의 표적입니다.

〔이미지 훈련 — 제3단계〕— '나는 무엇을 해야 할까?' 하고 질문 한다

편안한 상태에서 자기 자신에게 다음과 같이 물어 봅니다.

"나는 무엇을 하면 좋을지 잘 알고는 있지만 그것을 확실히 포착할 수가 없다.
어떻게 해야 좋은가?"

〔이미지 훈련 — 제4단계〕— 목표 달성의 이미지를 그립니다.

우선 이미지 훈련의 제1,2단계를 실행합니다. 즉 복식 호흡 → 머릿속을 비운다
→ 편안한 이미지를 그린다.

그리고 극히 편안한 상태에서 '당신이 하고 싶은 것이나 달성하려고 하는 목
표'를 '미리 달성되었을 때의 이미지'로 마음속에 선명하게 그립니다.

86 이미지 훈련의 목적과 효과

이미지 훈련은 취침 전 잠자리에서 하는 것이 좋다.

이미지 훈련의 목적과 효과에는 어떤 것이 있을까요?

❶ 머릿속에 있는 선입견을 버리고 '순수한 상태'를 만든다.(제1
단계)

❷ 편안한 이미지에 의한 '휴식'을 취한다.(제2단계)

❸ '자신은 무엇을 해야 할까?' 라는 질문을 하고 — 감성을 기르
고 독자적인 발상을 한다.(제3단계)

❹ '자신이 하고 싶은 목표'를 달성한다 — 집중력을 기르고 목표
달성을 위한 '행동력'을 강화한다.(제4단계)

이미지 훈련은 언제, 어디에서 실시하면 좋을까요?

일반적으로 취침 전에 잠자리에서 하면 좋습니다. 시간은 3~5분 정
도면 충분합니다. 졸릴 경우 그대로 잠들어 버려도 좋습니다.(불면증
에도 효과가 있습니다)

익숙해지면 점심시간에 사무실 한구석이나 공원 벤치에서도 할 수

있습니다.

손쉽게 누구라도 할 수 있으니, 꼭 해 보십시오.

87　돈 관리는 이렇게 하라

자신의 경제력을 잘 파악하고,
표준적인 경비는 어느 정도인지를 알아 둔다.

(2) 경제 면

건강 다음으로 중요한 것은 자기 관리의 요소로써 경제 면을 들 수 있습니다.

돈에 대해 맺고 끊는 것이 분명치 못하다는 것은 사회인으로써 실격이라고 해도 지나친 말은 아닙니다. 일을 할 때 아무리 유능하다 하더라도 돈에 관해 분명치 못하면 신용을 얻을 수 없기 때문에 파멸할 우려조차 있습니다.

아무리 수입이 많은 사람이라 해도 이것저것 갖고 싶은 것을 모두 산다면 한도 끝도 없습니다. 거기다 신용 카드나 빚이라는 함정도 기다리고 있습니다. 마음만 먹으면 빚이라도 얻어서 무슨 물건이든 살 수 있는 세상입니다. 경제 사정이 좋지 않은 요즘에는 다소 진정되는 기미도 있지만, 그래도 유혹은 끝이 없습니다.

'필요 없는 것은 사지 않는다.'

이것이 경제 면에서 가져야 할 가장 중요한 마음가짐입니다.

그렇다고 해서 필요한 것조차 사지 말고 인색하게 살라는 뜻은 아닙니다.

모든 것을 계획적으로 생각하고 더 나아가 회사의 예산과 결산, 원가 의식을 개인 생활에도 활용하면 좋다는 뜻입니다.

기본적으로는, '자기의 경제력을 잘 파악하여 그 범위 내에서 사용하는' 것입니다. 또한 뜻하지 않은 지출에 대비해 약간의 저축을 해 두는 것이 좋습니다.

뭐라고 해도 탄탄한 생활 설계를 세우는 일이 우선입니다. 그러려면 표준적으로 매월(매주)얼마가 드는지를 분명히 해 두어야 합니다.

물론 매월(매주) 사정에 따라 표준보다도 초과하는 경우도 있습니다. 그것이 부득이한 지출인지, 아니면 단순한 낭비인지를 체크해 두는 것이 중요합니다.

어쨌든 질질 끌려 다니는 일은 피하는 것이 바람직합니다.

경제적 파탄의 원인이 되기 쉬운 이유로는 낭비 외에도 과음이나 도박, 투기 등이 있습니다. 이런 것들은 아무래도 의지가 약한 것과 관계있습니다. 한없는 욕심이 점점 눈을 멀게 합니다.

제3부에서 다룬 '자연의 마음'과 제6부에서 다룬 '좋은 친구' 등은 당신을 유혹에서 지켜 주고, 강한 마음과 감식안鑑識眼을 길러 줄 것입니다.

교우 관계에서 주의해야 할 점

교우 관계에서는 특히 경제 면에서 주의해야 한다.
동료애를 발휘해 돈을 꾸어 주거나 꾸는 일은 피하는 것이 좋다.

(3) 애정(신뢰)관계 면

건강이나 경제면 모두에서 고려해야 할 자기 관리의 포인트는 애정(신뢰)관계 면입니다.

신뢰할 수 있는 친구를 갖는 일은 매우 감사해야 할 일입니다.

사회인으로써 비즈니스와 개인 생활에 꼭 필요한 것이 있다면 그것은 바로 '신용' 입니다. 사회적인 신용을 얻기 위해서라도 86장에서 말했던 경제적인 자립과 건전한 금전 감각이 꼭 필요합니다.

친구와의 금전 관계는 분명히 해야 할 필요가 있습니다. 친구가 곤란에 처해 있을 때는 도와주는 것이 우정이라고 생각하고 있는 사람도 있겠지만, 그것이 반드시 자기의 능력 이상의 경제적인 원조를 해야 된다는 것은 아닙니다. 자기의 분수를 지켜야 한다는 사실을 절대 잊지 마십시오.

게다가 단지 돈을 주거나 빌려 주는 것이 진정 친구로서 해야 할 일인지에 대해서도 생각해 볼 필요가 있습니다.

역시 금전적으로 빌려 주고 갚는 관계는 될 수 있으면 삼가는 편이 좋다고 생각합니다. 힘들게 이룬 우정이나 신뢰 관계가 돈 때문에 미움이나 원망으로 변한 예가 적지 않습니다.

다음으로 주의해야 할 것은 친구나 아는 사람의 연대 보증인이 되는 일입니다. 경우에 따라서는 상대방 대신에 변제해야 되는 일도 있다는 것을 각오해야 합니다.

무심코 친구나 아는 사람, 형제, 친척의 연대 보증인이 되었다가 돈을 갚지 못해 피해 다니는 예를 많이 보았습니다.

또한 친구나 아는 사람이 동업을 원할 때도 주의하는 편이 좋습니다. 자신이 친구의 사업에 동참할 때는 책임이 뒤따른다는 사실에 근거해 책임 문제를 분명하게 해 두어야지 단순하게 처리해서는 큰 피해를 입을 수도 있습니다.

특히 주식회사의 임원인 경우, 유한 책임이지만 회사의 주주나 소비자에 대한 책임 추궁도 있을 수 있으므로, 신중하게 생각하는 편이 좋다고 생각합니다.

일시적인 유혹 때문에 빚더미에 앉게 되거나 우정에 금이 가지 않도록 명석하게 판단해야 합니다. 경우에 따라서는 거절할 필요도 있다고 생각합니다.

89 이성과의 교제는 이렇게

이성 관계를 숨기거나 죄악시할 필요는 없지만, 서로에게 상처를 주지 않도록 주의가 필요. 새로운 생명의 탄생은 엄숙하게 받아들여야 한다.

교우 관계에서 어려운 것은 동성보다도 이성입니다. 이성과의 교제는 사회적 신용과도 크게 관계가 있으므로, 신중하게 생각을 해야 합니다.

성 개방으로 횡행하고 있는 성 풍조와 불륜이나 불순한 이성 교제를 좋게 생각하는 사람이 있는데, 그것은 잘못된 생각입니다. 또 좋게는 생각 안 해도 당연한 것으로 여기는 풍조도 분명히 있는 것 같은데, 그것도 잘못된 생각입니다.

건강한 젊은이라면 이성을 찾는 것은 당연하고 자연스런 모습이겠지만, 오늘날의 젊은이들은 이성과의 교제에 대해 숨기거나 죄악시하는 것을 낡은 고정 관념이라고 생각하고 있습니다.

젊은 두 사람이 만나 서로 사랑해서 장래를 약속했다면 일반적으로 아주 바람직한 일입니다. 그러나 일시적인 놀이 상대로 생각하다가 한 쪽이 일방적으로 버림을 당하게 될 경우에는 문제가 복잡해질 우려가 있습니다. 게다가 육체관계로 인해 임신이나 중절이란 말이 오고 가게 될 경우 한층 더 심각해질 수 있습니다. 또한 한 쪽이 기혼자였다면 다른 의미에서 또다시 복잡해질 것임에 틀림없습니다.

남녀는 어디까지나 대등한 관계인 것이 법적으로 인정되어 있지만, 이성 교제 면에서는 분명히 여자 쪽에 불리합니다. 특히 임신이나 중절의 문제는 육체적으로 상처를 입을 뿐만 아니라 정신적인 고통도 상당히 큽니다.

그러므로 여성 자신이 이러한 점을 인식해야 할 것은 물론이고, 남성도 충분히 배려를 해야 할 것입니다. 적어도 지나치게 간단히 생각하는 것은 옳지 못하다는 생각이 듭니다. 이런 문제를 경시하는 것은 생명의 존엄에 대한 모독이며, 자연의 섭리('이해력을 키우는 10개조항'의 제1조)에 반역하는 것입니다.

최근에는 '여자가 강해지고, 남자는 약해졌다'고도 말하지만, 새로운 생명의 탄생을 경외시하거나 이성을 놀이 도구로 여기는 것과는 별개의 문제라고 생각합니다.

또한 요즘은 남자 쪽에서 먼저, 어떻게 해야 여자와 교제할 수 있을까를 고민하는 경우는 드뭅니다.

교제의 기회를 만들기

교제의 기회를 만들고, 애정을 키우고, 주변의
이해를 성립시키는 데는 좋은 동료가 꼭 필요하다.

여기저기 복잡하게 이성 관계를 맺고 다니면서 플레이보이(걸)인 양 잘난 체하는 것도 곤란하지만, 이성과의 교제에 관해 아무런 관심 없이 집에만 틀어박혀 망상에 빠지는 것도 곤란합니다.

이성과의 건전한 교제를 어떻게 하면 좋을까?

자주 볼 수 있는 예로, 학생 때의 그룹이나 아르바이트를 통한 만남, 또는 사회인이 되어서는 직장에서 만나 서로 알고 지내는 경우일 것입니다.

취미가 있는 사람이라면 동호인 서클 등에서 상대방을 만나는 경우도 있고, 놀기 좋아하는 사람이라면 디스코텍 등에서 만날 수도 있습니다.

학생 때는 수험 공부로 청춘을 보내고, 사회인이 되어서도 이성과 교제할 수 있는 기회를 어떻게 만들어야 좋을지 몰라 당황하는 사람도 드물게 볼 수 있습니다.

어떻게 보면 기술 계통에 있는 사람은 입도 무겁고 주위에 여자도 적기 때문에 교제의 기회가 적을지 모르나, 사무 계통이나 서비스업에 종사하는 사람은 여자와 접촉할 기회가 많기 때문에 저절로 기회가 만들어지기도 합니다.

어쨌든 초조해 하지 마십시오. 당신이 진실로 일을 열심히 하고 있고 좋은 동성 친구가 있다면, 반드시 기회는 찾아올 것입니다.

물론 결혼상담소에 가 보는 것도 나쁘지는 않습니다.

어차피 이성과의 교제는 '결혼'이라는 형태로 결실을 맺는 것이 가장 자연스럽고 평화스럽지만, 그렇게 되기 위해서는 서로가 좋아해야만 된다는 어려운 면이 있습니다. 가능하면 친척이나 가족의 동의와 협력을 얻는 것이 좋다고 할 수 있습니다.

그러나 그러한 점을 걱정하는 것보다는 우선, 서로에게 신뢰감을 줄 수 있도록 행동하고 확인하는 것이 무엇보다 중요합니다. 주위에서 아무리 밀어 준다고 해도 본인들의 애정(신뢰)이 없다면 그것은 말할 필요도 없습니다.

그리고 주위에 이해를 해 줄 수 있는 사람이나 상담 상대를 만들어 두면 아무래도 두 사람이 교제하는 데 편안할 것으로 생각됩니다.

91 결혼을 하는 것과 하지 않는 것

'결혼만 하면 좋다'고 할 것이 아니라, 어디까지나 '풍부한 인생의 기초'
로써 결혼을 생각해야 한다. 항상 처음에 가졌던 마음을 잊지 말고…….

이것저것 온갖 수단과 방법으로도 인연이 닿지 않는 사람은 꼭 결
혼을 할 필요는 없습니다.

요즘 도시에는 패스트푸드점이라든가 편의점, 자동판매기, 냉동식
품, 인스턴트식품 등, 혼자 살아도 전혀 불편하지 않게 여러 가지가
잘 갖추어져 있습니다. 만약에 취사나 세탁 문제 때문에 결혼을 생각
한다면, 그것은 상대방에 대한 실례입니다.

역시 결혼하면 자녀 문제가 전제가 됩니다. 그러나 이것도 반드시
그렇다고 볼 수 없는 것이, 요즘에는 자식도 낳지 않고 두 사람만의
결혼 생활을 즐기고 싶어 하는 사람이 많은데, 그들 자신이 불행하
다고 생각하면 물론 그렇게 하지 않을 것입니다. 반대로 결혼을 하
여 자식이 있어도 서로 사이가 좋지 않아 불행하게 되는 사람도 있
고, 이혼까지 하면서 자식한테 몹쓸 짓을 하고 있는 사람들도 있습
니다. 그것은 그 사람들의 사고의 차이일 것이며, 또한 운도 있을 것

입니다.

결혼 초에는 서로 애지중지했지만 나이가 들게 되면 달콤한 꿈도 퇴색되어 사는 재미를 '밖'에서 찾게 되는데, 그것은 바람직하지 못하다고 생각합니다. 또한 서로를 신뢰할 수 없음에도 불구하고 체면 때문에 형식적으로 부부 관계를 계속하는 사람들도 있는데, 가능하면 처음의 마음을 잊지 않고 서로를 배려해 주는 것이 무엇보다 중요합니다. 만약에 처음에 가졌던 마음이 변하지 않고 있다면, 오히려 작은 일로 인해 마찰이 있는 편이 좋습니다.

위화감이 있는데도 방치해 두는 것은 오해의 근원이 되며, 그러한 오해가 쌓이면 단념, 또는 무관심으로 되어 버릴 수도 있습니다.

결혼이나 자녀는 원한다고 해서 전부 이루어지는 것은 아닐지라도 처음부터 단념하거나 방치하는 것은 좋지 않다고 느껴집니다.

'가정을 갖는다는 것'이 귀찮고 고생스러운 면도 있습니다. 하지만 심적으로 여유로운 인생의 기초가 되는 중요한 것이라고 저는 확신합니다.

가정을 원치 않는 사람의 마음은 거칠고 삭막한 경향이 짙으며, 그러한 사람이 많아진 사회 역시 황폐한 사회라고 생각합니다.

PART 10

보다 발전적으로
자기계발을
하기 위해서는?

자기계발에서, 이런 인간상을 목표로 하라

일은 자발적으로 열심히 하고, 공사를 확실히 구분하고, 가정도 중요하게 생각한다.
그 이외에 폭넓은 인간관계를 유지하는 것이 풍부한 인간상을 지향하는 것이다.

지금까지 고도 성장기의 직장에서는, 24시간을 회사에 들러붙어서 가정은 아내에게 맡기는 이른바 '회사 인간'이 영향력을 과시했던 시대도 있었습니다.

그리고 이러한 회사 인간 중에는, 주어진 일만 하려는 '지시 대기족指示待機族'이 많았었습니다.

그 이유는, 상사의 지시에 이의를 달거나 새로운 제안을 하기보다는 순순히 주어진 일만 하는 사람이 회사에서도 다루기 쉬웠기 때문일 것입니다.

그러나 격동의 시대가 되고 수출 규제나 과당 경쟁, 소비 침체로 골치를 앓고 있는 만성 불황 상태인 요즘, 이러한 '지시 대기족'은 회사에서도 싫어합니다.

매너리즘을 타파하고 막다른 곳에서의 돌파구를 찾기 위해서는 회사 안에만 박혀 바깥세상이나 가정을 모르는 '회사 인간'의 빈약하고 편중된 발상 가지고는 기대에 미치지 못하게 된 것입니다.

한편 고도 성장기에서는 일은 그다지 열심히 하지 않고 가정을 중요하게 생각하는 사람도 있었는데, 그들을 '마이 홈 안주' 형이라고 일컫기도 했습니다.

마이 홈 안주는 경의를 나타낸 호칭이 아니라 오히려 경멸의 뜻이 담긴 것이라 할 수 있는데, 시대가 변한 지금도 마이 홈 안주가 바람직하다고는 볼 수 없습니다.

그렇다면 지금은 어떠한 비즈니스맨의 상을 원하고 있을까요?

일을 할 때는 최선을 다하고, 공사를 확실히 구별하면서 가정도 중요하게 여기고, 정보 네트워크를 가지고 새로운 발상을 할 수 있는 인재를 원합니다.

일은 상사의 명령에 마지못해서 하는 것이 아니라 나름대로의 비전이나 사명감을 갖고 하는 것입니다. 개인 생활을 포함해 확고한 라이프 플랜을 가지고 있는 사람이야말로 요즘에 필요한 사람입니다.

물론 회사에 따라서는 여전히 회사 인간이나 지시 대기족을 중요하게 여기는 곳도 있겠지만, 그런 인재 밖에 없는 회사가 쇠퇴하는 것은 시간문제일 것입니다.

일과 개인 생활의 균형을 취하는 방법

자기계발에도 '정석'이 있다. 그 정석을 알고
행동하면 진보가 빠르고 결실도 좋다.

'일을 우선으로 하지 않으면 회사에서 평가도 나쁠 것이며, 동료들 간의 인간관계 또한 어색해진다'고 생각하는 사람도 있을 것입니다.

92장 끝에서 말했던 것처럼 아직도 간부들의 의식이 바뀌지 않은 회사가 많은 것은 확실합니다. 그러나 앞에서도 지적했던 것과 같이, '생활자의 감각'을 이해하지 못하는 기업에서는 소비자의 마음을 사로잡지 못할 뿐 아니라 경쟁력도 떨어져 살아남기가 힘들 것입니다.

사원이 회사의 입장에 편중되어 공급자의 감각에만 치우치면 생활자의 감각에 뒤처질 수밖에 없습니다. 그런 기업이나 행정이 사용자나 시민을 외면하고 있는 예는 우리 주위에도 얼마든지 있습니다.

한편 비즈니스맨의 입장에서는 회사 측이나 상사의 이해를 구하기 위해 어떻게 하면 좋겠습니까?

역시 기본적으로는, '할 때는 한다'는 자세를 보여 주어야 한다고 생각합니다.

달리 표현을 하면, PI(personal identity)의 확립이 될 것입니다.

PI에 대해서 한마디로 표현하면, '나는 이런 특색이 있다고 분명히 밝히는 것' 입니다.

예를 들어 회사 일은 바쁜데도 '나만은 5시에 돌아가야 된다' 라는 식은 통하지 않을 것이며, 설령 통했다 하더라도 매일 얼굴을 보는 동료들에게 미안한 생각이 들 것입니다.

따라서 '회사나 일에 대해 이러한 공헌을 했다' 라는 것이 있다면, 오늘부터 선전을 하여 인지시켜 두는 것이 좋습니다.

대개의 경우 자기가 할 일을 끝내고 나면 나머지 시간에는 무엇을 하든 간에 다른 사람은 그다지 관여하지 않습니다.

PI 착안점과 순서

① 시대는 어떠한 방향으로 흘러가고 있는가.

② 그 중에서, 회사는 어느 쪽으로 흘러가고 있는가.

③ 그 중에서, 자신은 어디에서 존재 가치를 찾는가?

④ 인재를 크게 ⓐ창조하는 사람 ⓑ뛰는 사람 ⓒ지키는 사람으로 나눌 수 있는데, 그 중 어디가 자신의 개성을 발휘할 장소인가?

⑤ 자신이 프로로서의 존재 가치를 발휘한다면, 어디에 중점을 두는가?

PI를 확립하기 위한 착안점

PI를 확립하기 위해서는 우선 자신의 능력이 직인職人 · 기능
자 · 기획자 · 프로듀서 중 어디에 속하는가를 확인해야 한다.

한마디로 PI를 확립한다고 해도 사람에게는 각각의 개성이 있기
때문에 일률적으로 이렇게 하면 된다고 할 수는 없습니다.

그런데 제1부에서 자기 P발의 기본 정석 7개 조항을 들었던 가운
데, '자신을 알고 상대방을 간파한다' 라는 것이 있었던 것을 기억해
주십시오.

앞에서도 말했던 것처럼 사람의 개성은 천차만별이지만, '능력' 에
대해서는 다음과 같은 시점에서 패턴화 할 수가 있습니다.

❶ 프로로서 통용할 수 있는 실무 능력을 뭔가 가지고 있는가?(직
인職人 : 기능자)

❷ 기획력은 있는가?(기획자)

❸ 구체화, 추진력은 있는가?(프로듀서)

❹ 은 우선 겉으로 드러나는 능력을 말합니다. '특정 기계를 잘 다
룬다' 라든가, '판매력이 뛰어나다' 든가, 또는 '자금 융통, 결산 등

의 회계 업무를 잘한다' 는 것 등이 이에 속합니다. 아무튼 경험이 부족한 사람으로서는 해낼 수 없는 것을 할 수 있다는 것은 유리한 장점이며, 그 사람의 PI확립에 관계가 있습니다. 즉 다른 사람으로부터 인정을 받을 수 있는 가장 확실한 능력입니다.

❷ 의 기획력은 앞으로는 회사에서 점점 귀중한 것으로 될 것입니다. 그러나 훌륭한 아이디어와 기획력이 있다 하더라도 그것이 회사의 경영자나 스폰서의 이해를 받지 못하면 모처럼의 능력도 활용할 수 없습니다. 그래서 표현력이나 설득력이 필요한 것입니다.

❸ 은 좀 더 어렵습니다. 무슨 일을 맡겨 보지 않으면 알 수 없습니다. 프로듀서의 능력은 사람을 이해할 수 있는 능력이나 기획 능력, 표현력, 사람을 정확하게 파악할 수 있는 능력, 전체를 파악하여 지시 · 추진할 수 있는 능력 등 총합적인 힘이 필요합니다.

이 능력이 있으면 자기에게 실무 능력이 없더라도 매우 중요한 일을 할 수 있습니다.

생각해 보면 사장이나 부서 책임자, 영업 소장, 프로젝트의 리더 등은 모두 '프로듀서' 입니다.

프로듀서는 가장 재량의 폭이 넓은 직종이라고 할 수 있습니다.

이런 실무 능력으로 승부하라 95

시대의 변화는 격심하다. 분야를 가리지 말고 전문가로서의 자신의 존재 가치를 끊임없이 검증하고, 가치를 높이기 위해 자기계발을 게을리 하지 않는다.

PI를 확립하기 위해서는 우선 프로로서의 실무 능력을 몸에 익혀야 합니다. 그렇게 하면 직장에서의 표현력도 증가되고, 일과 개인 생활의 균형도 잡히기 쉬워질 것입니다.

적어도 상사의 지시에 의해서만 일을 하는 지시 대기족과는 대단한 차이가 있을 것입니다.

단지 실무 능력으로 승부를 거는 사람이 주의해야 할 것이 있다면, 바로 세상의 변화입니다. 특히 최근에는, 수년 전만 해도 프로로 통용되었던 실무 능력이 조금만 부주의해도 시대에 뒤떨어진다는 것을 알 수 있습니다. 인재의 수급 관계도 잠깐 사이에 대단한 변모를 가져왔습니다. 전형적인 예는 소프트웨어 엔지니어입니다. 얼마 전만해도 프로그래머나 시스템 엔지니어의 수가 턱없이 부족했던 것이 언제부터인가 소프트의 일도 격감하고 엔지니어도 남아도는 것 같습니다.

무언가 실무 능력을 익혀 자신을 갖는 것은 좋지만, 무작정 덤비면 언젠가는 전혀 보탬이 안 되는 존재로 되어 버리는 수도 있습니다.

그러므로 시야를 넓혀 자기에게 어떤 존재 가치가 있는가를 끊임없이 검증하여 항상 자기계발과 자기의 실무 능력을 높이기 위한 노력을 꾸준히 해야 됩니다.

거기다 한 가지 더 생각할 것은, 복합적인 실무 능력을 습득하는 것입니다.

예를 들어 지금 당신이 회계의 실무 능력이 있다고 합시다. 그것에만 만족하지 말고 영어를 공부하는 것입니다.

영어를 하는 사람, 회계를 하는 사람은 각각 많지만 두 가지를 다 갖춘 사람은 매우 적습니다. 그만큼 희소가치가 있는 것입니다.

거기다 세무나 노동법을 공부하든가 하여 분야를 하나하나씩 넓혀가면 그만큼 자신감은 증가해 갑니다.

기본적으로, '모두가 좋아하는 분야가 아닌 모든 사람이 싫어하는 분야를 나는 좋아한다' 라는 생각이 중요할 것입니다.

96

기획자로써의
PI를 이렇게 확립하라

PI를 확립하기 위해 기획력을 키우고 싶으면, 아이디어 창출에 노력하는
자세와 유연한 발상, 그리고 기획력을 성공시킨다는 자신감을 가질 것.

기획자로써의 PI를 확립하기 위해서는 '감성' 을 키우는 일과 함께 여러 가지의 것에 관심을 갖고 거기에서 무언가 부가 가치를 낳는 발상이 생길 수 있도록 노력하는 것이 필요합니다.

그러려면 오늘부터 문제의식을 갖고 서로 다른 동료와의 교류를 통해 정보를 수집할 것, 개인 생활 속에서도 항상 '생활자의 감각' 에 주목할 것 등이 필요합니다.

그렇기 때문에 이 타입의 의미는 자기계발에 부족함이 없고 한 쪽으로 치우치지 않게끔 개인 생활과의 균형을 맞추는 것에 있습니다.

기획력을 높이거나 비즈니스로 성공할 수 있는 아이디어는 그렇게 기상천외한 것이 아니고, 조금만 공부하면 그 열쇠를 찾을 수 있는 것이 대부분입니다.

회사에 있거나, 집에 있거나, 아니면 잠을 자기 전에도 '뭔가 좋은 아이디어는 없을까?', '좀 더 즐겁고 빨리, 편하게' 라는 식으로 생각

하는 마음의 자세가 가장 중요한 것입니다. 그것을 고통스러워하는 사람은 이 분야에 맞지 않습니다. 즉 늘 아이디어를 생각하는 것을 즐기는 자세가 필요합니다.

또한 유연한 발상이 나올 수 있도록 '감성을 둔화시키는 행동 12개 조항' (제3부 제28장 참조)을 항상 주의하는 것이 좋습니다.

그렇게 조그만 노력으로 좋은 아이디어가 생겨 성공을 하면 자신을 얻게 될 것이며, 일단 성공의 체험을 맛본 사람이라면 재삼 새로운 아이디어를 만들기 위해 더욱 더 노력을 하게 됩니다.

기획자로서의 PI확립은 아이디어맨으로서의 활동 뿐 아니라 표현에 관한 공부를 더 함으로써 모든 행사, 이벤트 등의 기획 면에서 활발한 활동을 기대할 수 있을 것입니다.

회사의 광고 · 선전, 사보의 기획 · 편집 등의 형태의 활동도 가능할 것입니다.

이러한 것들은 관심과 재능이 있는 사람에게 있어서는 매우 흥미가 있는 일이지만, 전혀 문외한인 경우에는 어떻게 하면 좋을지 몰라 흥미를 갖지 못할 것입니다.

97

프로듀서를 목표로
하는 사람의 마음 자세

프로듀서는 다방면의 종합적인 능력이 필요하지만,
그 중에서도 인간에 대한 이해가 꼭 필요.

프로듀서 타입의 비즈니스는 앞에서도 말했던 것처럼 총합력을 필요로 합니다.

처음에는 실무 능력(직인형)이나 기획력(기획자형)을 키우고, 그러한 것들을 기본으로 하여 프로듀서로서의 힘을 서서히 기르는 것이 좋습니다.

직장에 따라서는 젊은 프로듀서의 능력을 필요로 하는 곳도 있습니다. 왜냐하면 나이는 젊지만 일을 완성시킬 수 있는 총합적인 경영 능력이 잠재되어 있기 때문입니다.

그렇지만 젊은 사람이라도 경영에 관한 일을 담당하기 위해서는, 넓은 시야를 가지고 전체를 보는 능력, 연장자에 대해서도 예리한 판단을 내려 지시할 수 있는 결단력이나 리더십(자신의 나이가 어리다고 해서 아무 말도 못해서는 안 되지만, 건방지다는 소리를 들을 정도는 피한다), 인간적인 매력이나 유연성, 사람을 정확하게 간파하여 적재적소에 인재를 기용할 수 있는 능력과 마음 자세가 필요할 것입니다.

이와 같은 능력들은 '사장' 역이라도 해낼 수 있는 능력을 말하는 것으로, 짧은 시간 내에 양성될 수 있는 것은 아닙니다.

따라서 젊었을 때 이러한 일의 책임을 완수하기 위해서는, 자기 자신의 힘의 한계를 알고 유능한 친구나 파트너의 도움을 받는 것이 필요합니다.

여기에서도 사람을 볼 줄 아는 능력, 그 중에서 상대방의 인품이나 능력을 간파할 수 있는 능력이 요구됩니다.

프로듀서는, 인간을 이해하는 것이 무엇보다 필요합니다.

회사에 의존하지 말고, 프로로서의
능력을 가지고 PI를 확립한 비즈니스맨을 지향.

이상과 같이 비즈니스맨의 PI 확립에 필요한 능력은 실무 능력, 기획력, 구체화·추진·경영 능력으로 크게 구분 지을 수 있습니다. 어느 것을 선택하는가는 당신의 사정, 즉 당신의 소질과 소망하는 것에 달려 있습니다.

다시 말하자면 회사 인간, 지시 대기족으로부터 탈피할 수 있는 사람, 일과 개인 생활 중 어느 한 쪽으로 치우치지 말고 균형을 이루면서 '생활자의 감각' 을 아는 사람, 그리고 실무·기획·경영 능력 등 프로로서의 능력을 몸에 익힌 사람이 앞으로 기대되는 인재상이라고 할 수 있습니다.

또한 비즈니스에는, '창조하는 사람, 뛰는 사람, 지키는 사람' 이세 가지의 패턴이 있다는 것을 이해하고 각각 자기에게 어울리는 역할을 완수하는 것이 가장 중요합니다.

'창조하는 사람' 이란 미개의 분야, 신제품의 개발, 신규 고객의 확보 등 주로 레일을 설치하는 사람들입니다. '뛰는 사람' 이란 깔린 레일 위를 오직 달리는 사람들을 말하며, '지키는 사람' 이란 레일의 보수, 점검, 정비를 담당하는 사람들입니다.

자신이 어느 타입에 맞는가, 어느 패턴의 일을 하면 좋은가를 잘 보고 판단하여 그 일에 들어가는 것이 중요합니다.

기획자와 프로듀서는 '창조하는 사람' 에 속하지만, 이 타입의 일에 적합한 사람은 매우 적은 것 같습니다.

'뛰는 사람' 과 '지키는 사람' 은 모두 실무형에 속하며, 프로로서의 능력을 갖지 않는 초보자 등이 이 속에 포함되어 있어 수적으로도 매우 많습니다.

즉 실무형인 뛰는 사람과 지키는 사람이 담당하고 있는 일에는 매우 고도의 수준을 필요로 하는 주요 부분에서의 일부터 아르바이트로 할 수 있는 단순한 일까지 다양하다고 할 수 있습니다.

그러므로 아르바이트나 기계로 대치할 수 있는 일에 만족해서는 안 되고, 프로로서의 능력을 익혀 PI를 확립한 사람이 되는 것이 바람직하다고 생각합니다.

자기계발은
여기서부터 시작하라

자기계발에는 한 가지 결실을 거두면 다른 것으로 발전해 가는 '상호
작용', '상승효과'가 있다. 희망을 가지고 즐겁게 어디서부터라도…….

지금까지 여러 가지 면에서 자기계발에 대해 설명했지만, 너무 많
이 세분화를 시켰기 때문에 독자들 중에서는 어디서부터 손을 대야
좋을지 모르겠다는 사람도 있을 것입니다.

그러한 사람은 제1부의 기본 정석 '당연한 것을 확실하게 실행한
다'는 것부터 실천하십시오.

그 다음으로는, 제2부 올바른 자기계발에서도 설명했던 것처럼 흥
미 있는 부분에서부터 문제의식을 갖고, 의문점 등은 책에서 확인하
거나 직접 정보를 수집하는(제7,8부) 것 등에서 시작하면 좋다고 생
각합니다.

특히 가족이나 동료, 지역 사람들과의 대화, 거기다 직장에서 할
수 있는 작은 개선이나 창의적인 공부 등은 그 자체가 즐거우며, 주
위 사람들과 기쁨을 나누는 일도 됩니다. 그러한 신변의 일에서부터
'작은 성공'을 달성하면 자신도 붙고 점점 아이디어도 생기게 되어

생활이 더욱 즐거워질 수 있습니다.

이렇게 해서 뭔가에 열중하고 있는 사람은 더욱 매력적으로 보이게 되며, 주위에 사람들도 저절로 모입니다. 그러는 과정에서 신뢰할 수 있는 동료도 생길 것이고, '사람을 보는 눈'도 길러질 수 있습니다.

이처럼 자기계발의 하나의 열매를 맺으면 그것을 토대로 하여 점차 발전해 가는 '상호 작용', '상승효과'가 있습니다.

'어디에서?'라고 지나치게 형식에 구애받지 말고, '어디부터라도 가볍게' 실행해 가는 것이 성공의 지름길이라고 생각합니다. 특히 '하려고 하는' 마음을 갖는 것이 우선입니다.

자기 관리 등도 너무 형식적으로 생각하면 숨이 가빠지지만, 라이프 플랜 속에서 이상이나 목표를 명확하게 하면 자발적으로 신념이나 책임감이 생기게 되고, 그것이 자라 구속감에서 해방되면 오히려 자유로운 기분 속에서 자기 관리를 할 수 있다고 생각합니다. 본문에서 소개했던 스트레스 해소법이나 이미지 훈련 등을 '생활의 지혜'로 활용하는 것만으로도 마음의 건강 유지 ? 증진에 크게 도움이 되며, 공사 균형을 맞추는 데도 좋을 것입니다.

희망을 가지고 즐겁게 하는 것이 자기계발을 오래 지속시켜 주고 결실도 있을 것입니다.

라이프 플랜에 따라 P I확립의 전략을 세워
그것을 구체화시키는 것 — 이것이 자기계발이다.

제1부에서 설명했던 자기계발의 기본 정석 7개 조항 중에서 가장 중요한 것은, '라이프 플랜(인생의 장기 목표)' 입니다. 그 후 라이프 플랜에 대해서는 가끔 말했지만 자기계발과의 관계를 특별히 클로즈 업시켰던 적은 없었습니다. 그래서 마지막으로 정리하는 의미에서 자기계발과의 관계에 대해서 다시 한 번 언급할까 합니다.

우리가 일생 동안 살아가면서 과연 어떠한 일이 일어날까를 예상할 수는 없습니다. 사회 · 기업 · 행정을 둘러싸고 있는 환경이 계속 변화하고 있는 요즘, 한 회사에서 정년까지 재직한다는 것은 오히려 신기하다고 하지 않을 수 없습니다. 즉 중년 이후엔 반드시 변화가 일어날 것이라고 생각해야 할 것입니다.

그러한 때를 대비하여 회사만 믿고 살았던 사람, 즉 회사 인간으로서 라이프 플랜을 갖고 있지 않던 사람이야말로 서둘러야 할 것입니다.

평소의 계획 면에서도 말했던 것처럼, 계획대로 되지 않는다고 해서 계획을 세우는 것조차 필요 없다고 생각해서는 안 됩니다. 계획의 윤곽만이라도 지키면 그것으로 인해 무엇을 해야 할지를 알게 되고, 자기계발의 테마도 달리할 수 있을 것입니다.

예를 들면, 실무 능력에서 PI를 확립해 가는 사람은 어떤 분야의 어떤 능력에 도전할까에 초점을 맞추는 것이 필요하며, 경우에 따라서는 국가 자격에 도전하는 것도 필요할 것입니다.

기획이나 프로듀서의 분야에서 PI를 확립하려는 사람은 견문을 넓히고 감성을 닦아 인맥이나 동료를 만드는 것을 중심으로 자기계발을 발전시켜야 합니다.

뭐니 뭐니 해도 라이프 플랜에 맞추어 PI확립의 전략을 세워 구체화 시키는 것 — 그것이 '자기계발'이 됩니다.